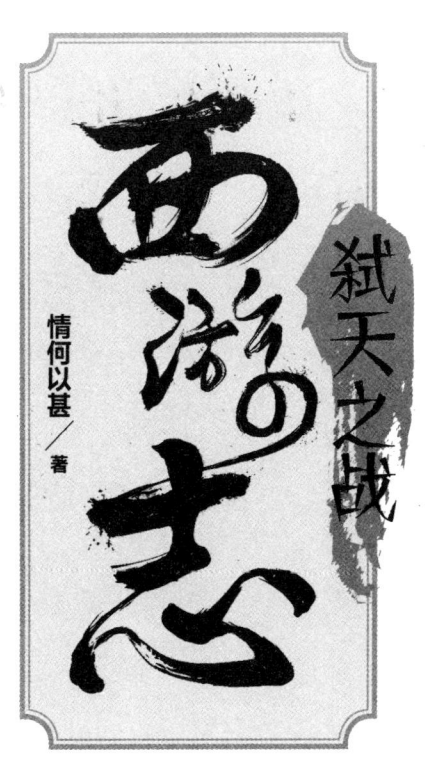

情何以甚 / 著

弑天之战

西游の志

贵州出版集团
贵州人民出版社

图书在版编目（CIP）数据

西游志 / 情何以甚著. -- 贵阳：贵州人民出版社，2020.12
ISBN 978-7-221-16502-2

Ⅰ.①西… Ⅱ.①情… Ⅲ.①长篇小说－中国－当代 Ⅳ.① I247.5

中国版本图书馆 CIP 数据核字 (2020) 第 266907 号

西游志

情何以甚 / 著

选题策划：祁定江
责任编辑：祁定江
特邀编辑：古月轩
封面设计：刘　霄
出版发行：贵州出版集团
　　　　　贵州人民出版社
　　　　　（贵阳市观山湖区会展东路 SOHO 办公区 A 座）
邮　　编：550001
印　　刷：天津行知印刷有限公司
开　　本：880mm×1230mm 1/32
印　　张：10
字　　数：240 千字
版　　次：2020 年 12 月第 1 版
印　　次：2020 年 12 月第 1 次印刷
书　　号：ISBN 978-7-221-16502-2
定　　价：58.00 元

版权所有，盗版必究。
本书如有印装问题，请与出版社联系调换。

目录

楔　子　八戒者　001

第一章　三界六道都好眠　027

第二章　天生地养万万年　039

第三章　我就是佛　049

第四章　一滴水的波澜壮阔　055

第五章　定住心猿，也忘却齐天　061

第六章　八百里流沙河，间尔闻锐鸣　069

第七章　因无情而永恒　077

第八章　那一棒的风情　085

第九章　生而有问　095

第十章　名为倒马，意在回头　103

第十一章　思凡　109

第十二章　不能回头　117

221 ○ 第二十六章 永生之波澜
227 ○ 第二十七章 杀身求道
235 ○ 第二十八章 三灾圆满，重返灵山
243 ○ 第二十九章 金箍当头
249 ○ 第三十章 三界争杀，武周代唐
255 ○ 第三十一章 我会……打死你
263 ○ 第三十二章 举旗伐天
271 ○ 第三十三章 让仙界下雨
277 ○ 第三十四章 琉璃易碎彩云消
283 ○ 第三十五章 五百年来问此心
295 ○ 第三十六章 不辞风雪来爱我
299 ○ 第三十七章 绝不妥协
307 ○ 终　章　永不回头

第十三章 战旗曾经飘扬	129
第十四章 火焰山没有下过雨	137
第十五章 生杀如转	143
第十六章 等你一千年	151
第十七章 一别成永远	163
第十八章 物伤其类,人或其悲	169
第十九章 如此十三年	175
第二十章 一生的意义	185
第二十一章 我愿以身作劫	191
第二十二章 我所见者,我所听	197
第二十三章 斩性见我我是谁	203
第二十四章 笑天下之可笑者	209
第二十五章 金银道童	215

楔子 | 八戒者

后来我行过很多地方的路，路过很多地方的风景，景色如画中荒唐了很多年的人生，但那一道不肯回头的背影，我未再见。

因为我再不会看着谁的背影。

那时我告诉自己，此后一生，我一定先远去。

那一天正是月圆。

我在广寒宫外等了三天三夜，她的背影映在窗幕上，没有一丝动摇。

天上一日，人间一年。这三天，于我亦是永远。

这里起先很寂冷，后来陆续传来了声音。甲胄的碰撞、战车的滚动、窃窃的私语……

好吵。

"大胆狂徒！"

广寒宫有没有这样喧闹过？

"你怎么敢扰了先圣遗孀的清净？"

好……吵。

"天蓬！安敢侵扰仙子？还不退去！"不知多少天兵天将聚集过来，一个个大呼大叫，却没有谁敢先靠近。

我背对着无数的天兵，默然伫立，不语不动。

事已至此，我只求能见她一面。

"天蓬，速速离去，待本帅向玉帝求情，还能饶你一命！"

是李靖的声音。

那个托塔的，可笑天王。

我不管不顾，只负手看嫦娥，看着她的背影，只希望她能给我一个答案。

生命漫长，我见过太多离别。

这是我唯一追寻答案的一次，因为是她。

也只能因为她。

上句我们还在天河漫步，为何忽然就如霜冷面？

人的悲欢离合，竟快过月的阴晴圆缺。

我不解、不甘、不舍得。

但我一言不发。

我不会表露丝毫情绪，除非她来看我。除非她凝视我的眼睛。

"天蓬，本帅已亲至，你别给脸不要脸！"

仍是李靖的声音。

他为什么，一定要来烦我？

"降魔大元帅，托塔李天王？"我面无表情，连一个回头也不屑于给他，"若不是生了个好儿子，你以为，你凭什么与本帅说话？"

"畜生狂妄至此！"李靖须发怒张，戟指道："杀！"

霎时喊声震天，天兵天将蜂拥而至。

我蓦然转身，一耙压下，风雷骤起！

那些迫近的天兵天将东倒西歪，李靖连退七步，他那只可笑的小塔，还在手心摇摇晃晃。

我单手提着上宝沁金耙,毫不掩饰目中的冰冷:"管天管地,你还要管到本帅头上?"

一耙之威,无人敢挡。我看到那些天兵天将游移的眼神,一如他们摇动的军心。

这样的统军能力,这样的降魔元帅,如何能值得我尊重?

"换人来。"我说。

忽有一将,从天而降。

他脚踏风火之轮,臂缠混天之绫。面容俊秀,唇红齿白。一杆火尖枪在手,止不住的锋锐之气。

他出现便成了目光的焦点,他只是站着,便给了天兵天将们无穷的勇气。

"天蓬,你这是何苦?"

我认得他。

三界谁不认得他?

任何人想与哪吒争锋,都要做好身殒的准备。

"若定要一战,才能得到答案。"我将耙一横,"那我,不惜一战!"

我是对哪吒说,我也是对她言。

寒烟散,星光黯。

哪吒挥枪似举火,出手便燎天。

我执耙,一往无前。

这一幕多么熟悉。

那时候三界演武,人才济济。仙繁如星,我只是沧海一粟。

但那时我持上宝沁金耙,越众而出。

她可曾记得?

十万水师中,我独占鳌头,只为敬她一杯酒。

如今兵权释，无数天兵围我，三坛海会大神天庭斗将哪吒在前。

我为一个答案，一往无前。

她可会记得？

耙枪相击，灿出漫天星火。

那一夜，若有凡人望天，当能看见，星落如雨。

这一战，不知要斗多久。但我知，我不能输，我还没有等到她回头。

我还没有等到一个答案，我不能让死亡成为借口。

我不能输。

我从无垠的天河里杀将出来，我从漫长的岁月里挣扎至此。

我第一次真正爱上一个人，我怎么能输？

当她的声音终于响起，我竟以为只是幻听。

或者那就是幻听吧？

"天蓬，你走吧，我对你从无感觉。"

她的声音依然动听，动听却清冷。

这清冷宣示的距离，永世难近。

我回头看去，窗幕上她的影子愈来愈淡。

她的背影都在远去，而我只是定定地看着。

我已经活过了几万载岁月，但时间从未如此漫长。

她不会不知道，我在天河望月，望了一千年。

她不会不知道，为了见她一面，我踏平多少艰难险阻，翻越多少崇山峻岭。

但她一次也没有回头。

身后传来李靖那惹人厌的声音，"孽障，受死！"

然后是宝塔呼啸的声音。

接着是哪吒急切的声音，"不要！"

但这些声音全部被我的耳朵忽略，我只是定定地看着嫦娥的背影。

她只把手递给过我一次，我却当作了永远。

我被押到凌霄宝殿，玉皇大帝端坐殿上，平天冠珠帘垂下，看不清天容。

仙班满列，都来瞧天蓬的笑话。

我不怕他们笑我，我只怕她也笑我。

太白金星出列，斥道："大胆天蓬，惊扰先圣遗孀，该当何罪？"

我昂首挺胸，"两情相悦，何罪之有？"

托塔天王一手托塔，一手戟指向我，"仙子已亲口逐你，你这下流胚，怎敢污她清名？"

我张张嘴，想要辩解几句，然而想到她的决然背影，我却一句话也说不出来。

端坐玉帝身侧的西王母凤眸含煞："大胆！"

我默然，双手被缚，仍背直如铁。

天威如狱，我不曾低头。

我本是天河边散漫的人，混沌度日，却也快活。当年为见嫦娥一面，三军冠勇。得的是水师元帅位，奉的是三清符诏。

我最怕麻烦，所以我从不逾矩。

可只要她一颦一笑，借我个破天的胆子又何难？

但这份心意，如今，又说与谁听？

宝殿威严，群仙肃立。

玉帝沉默，王母怒容。

有人敌视，有人怒斥。

这殿堂高阔，我并无亲朋。

我忽然想唱曲儿。

于是太白金星忽然闭嘴，李靖面色铁青，王母怒不可遏，群仙尽然呆滞。

我唱道："我本是，天河边上，散漫的人……"

九天之上，三界中心。

灵霄殿里，有人唱戏。

玉皇大帝终于开口："贬入轮回。"

群仙应诺："善！"

六道之轮，转动不休。

天地有常，众生皆苦。

李靖按住我，笑道："天蓬想去哪一道？"

我看着他，嗤道："你把我丢去的地方，就是你应该去的地方。"

我知道他想要什么，但我怎会向这种人低头？

我堕入了畜生道，人身猪首，肥头大耳。

身形可笑，面目可憎。

但我浑不在意。

我不知道你们有没有爱过一个人。

失去一个深爱的人，就好像失去了自己。你好像拥有过一切，又已经全部失去。

但人生还是要继续。
噢,已是猪生。

你看啊,一生就这么容易过去,这么容易重新。
所以你能够懂,那时候我为什么奋不顾身。

但有些问题既然没有答案,我便不肯再问。
有些等待既然没有结果,我便不肯再等。

我不在乎自己的容貌。
无人交心?
我向来孤独。
美人厌弃?
一笑付千金。
我寻花问柳,游戏风尘。
我饮烈酒,纵骏马。
我嬉闹市,问美人。
但我仍觉孤独。

我唱曲儿。
我唱道:

我本是天河边散漫的人,凭神通似浑噩贪吃好眠。
此身轻总恣意星海四游,算不准女人心三界风尘。
官定我领天河手提重兵,苍穹彻洪荒咸便称天蓬。
圣女娲补天缺后羿落日,俺天蓬怎比得前辈的圣人。
闲无事在人间我亮一亮嗓音,(啊)

（哈哈哈……），我面前缺少个知音的人。

【改自戏曲，空城计。】

我常在无人的时候唱曲儿。
只是在每一个明月当空的夜，我从不抬头。
人生不过短短百年，纵有苦痛，也只稍纵即逝。
我却在人间百世辗转，离不得人间，回不得天庭。
这并不使我痛苦，但回忆噬骨钻心。

我决定断七情。

七情者，喜怒哀惧爱恶欲。
有情众生，皆逃不过七情纠缠。
灭情绝欲，亦是大道坦途。
随着七情磨灭，我的记忆也渐渐模糊。
九天之上，天河之畔，那些故事和星辰，都慢慢飘散。
我用神通，变回了在天河时的英武模样。
我在人间流浪。

我本以为人生会一直这样，跟随我的脚步兜兜转转，世世轮回。
我不在乎未来过得怎样，我也不记得我在乎什么。
我在乎什么？
在高老庄的田地里，我看着给我送饭的姑娘，找不到答案。

"八戒哥，你看什么呢！"翠兰跺了跺脚，好看的小脸上，升起了红霞。

我挠着后脑勺，傻乎乎道："俺去干活儿。"

"哎，等等。"翠兰又拉住我，两只小手捏着衣角，羞红了脸："八戒哥哥，你……还可以再看会儿。"

我看着她，识趣地吻了上去。

但我的内心毫无波动。

我名八戒。

一戒喜，无喜便无悲。

到高老庄已有一年，大约是这个时间。

时间对我而言，没有太大意义。

时光是永不停歇的脚步，我只在这里稍停。

也许是因为这里山清水秀，也许只是因为，我累了。

翠兰家里养着几头小猪，她拉我去看。

我笑着："这还是我本家呢，都姓猪。"

翠兰白了我一眼，"呆子！你看你，不识字了吧？姓朱的朱，和咱们养的猪，可不是一个字。"

我憨笑着，"嘿嘿嘿，俺就喜欢这个猪。"

我就是，这个猪。

翠兰忽然跑到外面，声音里满是惊喜："八戒哥，你快来看，今晚的月亮真圆呀！"

我没有跟去。

不知道为什么，我不想看月亮。

永远不想。

我不争不抢，任劳任怨。与庄里众人说不上亲近，但也不至于叫人讨厌。

与翠兰成婚那日,高老庄张灯结彩。

推杯换盏,欢笑连连。

我醉醺醺踉跄着回到新房,推开房门。

翠兰凤冠霞帔,红布遮面。她端坐香榻,身姿窈窕。

眼前有些恍惚,我倚门而立,定定看着她。

好像很多年前,我也这样看过一个人。这么近,又这么的遥远。

回忆摇摇晃晃,看不真切。

人间的一切,就愈发熟悉。

"翠兰。"我关上门,缓步上前,轻唤。

我走过很长的路,有过很多的女人,但我知道,只有她是真心爱我。

"八戒哥哥,饮了这……交杯酒!"翠兰的声音微颤,看不见红盖头下她的面容。

我接过杯子,与她交杯而饮。

一口饮尽。

神通涣散,我现了原形。

人身猪首,肥头大耳。

面容丑陋,身形可笑。

这酒!

是谁做了手脚?

托塔天王李靖?

脑海里冒出一个很讨厌的名字,但转眼就淡去了。

李靖,是谁?

翠兰掀开盖头看着我,一脸惊容,满眼悲伤。

我应该生气，但我生不起气来。
二戒怒，怒火遮本心。

"妖怪！"
一群庄民撞进房来，手持锄头菜刀，竟是早有准备。
群情汹涌，个个愤怒不已。
翠兰冲过来护在我身前，张开双手，像保护鸡崽的老母鸡。

我从未伤害过谁。
我不解庄民们的愤怒从何而来。
我帮他们每一家都种过田，耕过地，干过活。
就因为我现在这副可憎的模样么？

我亦不觉悲哀。
三戒哀，容易催愁肠。

我只是看着翠兰。
我问她："你愿不愿跟我走？"
她迟疑了一瞬，表情痛苦。
我转身便走。
锄头菜刀纷纷砸到身上。
庄民们喊打喊杀，我似无所觉。

这些攻击对我来说像是搔痒。
我身上一点儿也不痛，但不知为何，心里空空落落。仿佛无边无际的失落，包裹着我。
走出高老庄的时候，我听到身后翠兰的声音："八戒哥！"

我知道她在流泪,但我没有回头。

我只给每个人一次机会。
错过,便是永远。
我走在路上,漫无目的。
风烟阵阵,看不清归途。
断七情之后,越来越觉得无所谓。
我总觉得我忘记了什么很重要的东西。
但我明确知道,那是我应该忘记的。

眼前是漫无目的的人间,以后是世世兜转的平庸。
我突然笑了。
这笑容没什么正当理由,只因为这是一个月夜。
我在月光下行走,我告诉自己我得笑。
尽管我也找不到原因。

身后,忽然风声呼啸。
有如雷霆经空,一道金光好似破天而落,拦在身前。
金光一转即敛,细看去,却是一条铁棒。

我已经很久回忆不起九天之上的事情,但这刻脑海中却忽然浮现出一个画面。
乌云滚滚,雷鸣轰隆。高山之巅,一只趾高气扬的猴子棒指苍穹。
彼时天空之上,战车似雨,天将如云。
轰隆!
好似一道电光划过脑海。
顶天定海,如意金箍棒!

我怔了一怔,"齐天大圣?"

一只猴子,出现在身前。
但他头上只有一道金箍,戴的不是凤翅紫金冠。
身上围着一块虎皮,披的不是锁子黄金甲。
脚下一双布鞋,穿的不是藕丝步云履。
我忽觉有些遗憾,只是我也忘了遗憾从何而来。

这只猴子站得挺拔,一手笔直扶棒,那一双赤金色的眸子,好像两团燃烧的烈焰。
他扫了我一眼,忽笑道:"我看你修的是断情灭欲的道,想不到,竟还能认出老孙来?"

我认出了他,我知晓他的神通无边。
但我并不害怕。
四戒惧,畏缩无前路。

"大圣所为何来?"我问。
这猴子扯起嘴角,似嘲似讽:"为除妖而来。"
我问:"为何?"
他歪了歪头,"师父在高老庄化缘,那庄子的人说今日赶跑了一只妖猪,只怕妖猪报复,便求我师傅降妖。"
"所以你便来了?"我提起了上宝沁金耙,声音平静无波。
但我却很想叹息。
我总觉得,眼前的这个人不该是这样的。
不该被这世上任何人驱使。

但是，这世上谁又能有永恒的自由呢？

猴子忽然问道："何为天蓬？"

天蓬？好熟悉的词，但我已记不太清。

"可惜了。"猴子伸手一弹，那条铁棒便入耳不见，他看着我摇头，怪模怪样。

我一愣："你不是要来除我？"

猴子忽然嗤笑："你这样子，倒值得老孙出手？"

他就那么嚣张地转身，毫不犹豫地走了。

金色的猴毛在夜风中招摇，显得不羁而狂傲。

真可恶。

真可恨。

却，真让人羡慕。

我才发现，这世上有一种人，是永远不会被改变的。

我已戒断七情，但我忽然泪流满面。

我想起了那个问题。

那是在天河之畔，一个英武男子着甲按剑，痴痴望月。

一只惹人厌的猴子不知哪里喝醉了酒，莽撞跌来。

"你是何人，敢挡老孙的去路？"他大拇指指着自己的鼻子，嚣张至极。

英武男子面无表情："我乃天蓬。"

兴许被嘲笑多了，猴子假模假样文绉绉道："何为天蓬？"

英武男子笑了："天蓬者，九天之上，第一随性人。"

那个男人,是我。

一个身形丑陋面目可憎的猪妖,在路边独自流泪。

豆大的泪珠滚落在肥胖的脸上。

这一幕多么可笑?

我不怕别人笑我。

可是今夜,有月。

"我乃天蓬!"我蓦然抬头,戟指向天,"你们!还要辱我到何时!"

一朵乌云飘至,将明月隐去,似乎月亮也不忍看见我这潦倒模样。

六戒恶,苍生皆可度。

但我却突然心中生恨。

"贼老天!"

我放声嘶吼。

轰隆一声雷鸣!

仿佛苍天暴怒,忽而骤雨如瀑。

雨珠连绵,一颗一颗砸落人间。

惊雷滚滚,在我头顶轰鸣。

"有种你就劈死我!"我疯狂咆哮,"来啊!来!"

乌云盖顶,雷鸣不绝。却始终没有其他动作。

是啊,只要静静看着,就是一幕最精彩的戏剧。又何必多费手脚?

我在雨中嘶吼咆哮,只是让自己变得更可笑。

吼累了,怒倦了,又能如何?

什么也不会改变,什么也不会发生。

在这三界六道,谁不渺小?

前后多少年，也只出了一个孙悟空。

我在雨中。
我跌跌撞撞。
没有归途，没有方向。
不知走了多久，下意识间转到一处山洞。
看着洞顶名字，我睁大了猪眼——云栈洞。
福陵山，云栈洞。
我抹了一把雨水泪水，喃声道："卯二姐。"
洞外狂风暴雨卷惊雷，洞里至少能遮蔽风雨。
然而我却不敢踏进一步。
我终于想起来，为什么我会停在高老庄。
"大帅！快些来，姐姐正等你呢。"
桂树后探出一颗小脑袋，扎着两条辫子，俏皮可爱，正对着我轻轻地招手。
"丫头，我见你姐姐，你怎么这般欢喜？"我笑着打趣。
小丫头嘟起了嘴，不满道："不许叫我丫头！我与姐姐相依为命。你既叫姐姐做姐姐，那便要叫我二姐！"
"你却何时听到……"我臊红了老脸，只得赔笑道："是是是，卯二姐。"
卯二姐低下头，小声道："姐姐欢喜，我便欢喜。"
只是声音轻微，我又不曾多加注意，竟忘了回话。
转进庭院，嫦娥笑道："瞧瞧你这急懒样子！看你以后还敢不敢瞎认姐姐。"
我连连作揖，"不敢不敢，天蓬只认眼前这一个仙子姐姐。"

跌落凡尘，堕入轮回后。

我断七情流浪人间，却不料在福陵山能再遇卯二姐。
只是彼时，我已不记得她了。

"天……八戒哥哥，你说这云栈洞好不好？"
那时我坐在洞口喝酒，卯二姐在山下仰着头，得意地问我。
她盘了一个好看的发髻，让我觉得分外熟悉，只是我想不分明。
我转头看了看，这洞府里布设用心，一应俱全，便点头道："好。"
卯二姐又问："那，八戒哥哥你留下可好？"
我没有犹豫，点头道："好。"

既然开始忘记，那么在哪里都无所谓，在哪里都是漂泊。
这里有酒有肉，留下也无不可。

只是命运永远不肯停步。在其中挣扎的人们，又哪里选得了开始，料得到结果？

那一日，亦是乌云盖顶，雷声轰鸣。
电光一道一道在洞外掠过。
"大胆玉兔，竟敢私下凡尘！今我引兵来讨，还不束手就擒？"
有神将在天空大喝，声如擂鼓。
我抬眼一看，吓得他后退一步。
但我随即又垂下眼皮，自顾喝酒。

卯二姐在旁看着我，泪眼婆娑："八戒哥哥，别让他们带走我。"
捏死这无名神将，如捏死蝼蚁。可杀他之后呢？
巨灵神？
四大天王？

哪吒?

杨戬?

终有我难敌之人。

难道失败了一次之后,仍不知错?

卯二姐陪我度过了许多漫长的日夜,神将带走她时,我一言不发。

我曾以为,猪八戒永不后退。

我想是因为我再学不会如何去爱一个人。

五戒爱,此字最伤人。

临走之前,卯二姐好像与我说了句什么。

但我竟忘了。

卯二姐走后,一切似乎没什么不同。

我仍然饮酒,仍然吃肉。

终于有一天,喝干了最后一滴酒。

我才意识到,原来酒不是永不干涸的,肉不是吃不尽的。

命运从不慷慨,所有你曾习以为常的东西,都由另一个人默默地准备。

当我终于明白这一点,我决定要忘记云栈洞。

我毫不犹豫地起身,毫不犹豫地离洞。

我很快忘记这一切。

可我兜兜转转,一个没有回忆的猪妖,却怎么也走不出福陵山地界。

或许不是走不出,是舍不得。

在这个如此相似的雨夜,我留云栈洞外,任由骤雨淋透身心。

卯二姐，是我辜负了你。

"八戒，八戒……"

仙音妙曼，如在梦中。

我转身看去，霞光万道，天女散花。

醒耶？梦耶？

我垂眸应声："菩萨。"

神佛在天，众生低头。

大慈大悲的观世音菩萨，在云端上微笑，"可知轮回之苦？"

我应道："苦不堪言。"

观音菩萨柔和看我，如慈母，似春晖："所以断情灭欲，清净六根，此乃大道之门。"

我双掌合十："未谢过菩萨慈悲，传我此等妙法。"

菩萨道："我观八戒你慧根深具，甚合我心。如今想送你一场大功德，圆满之日，当可成佛作祖，得享逍遥。不知你意下如何？"

我诚恳低头。

菩萨道："我佛以弘法为要，予那五行山下的妖猴脱困之机。如今西行路遥，那三藏痴，妖猴劣，你可愿随行护法？"

我心头一震，却终于明白了那猴子头上的紧箍儿，背负着怎样的沉重。

西行路远，臭猴子，你何苦跋涉？

十万八千里遥路，大圣，你为谁前行？

"菩萨。"我声音苦涩，"若哪日那只猴子亲手打杀了我，我却如何西行？"

观音妙相亦是一滞,随即笑道:"你若一心向佛,自有生机无限。"

说罢,随手一挥,一只蒲团出现。

菩萨微笑示意我坐下,要与我讲法诵经。

妙音天降,连那飞鸟也停枝,走兽也陶醉。风也盘桓,光也驯服。

是啊,这满天神佛,怎会相信这世上有永不被改变的人?

我开口:"我想问菩萨,这得道成佛,是否也是本欲?"

菩萨讲法诵经之声顿止,妙音天声也歇。

七戒欲,如此绝尘业。

修这断情绝欲的道,却是为了成佛得道。岂不可笑?

我忽然嗤笑:"外道!"

原来菩萨,也是会冷脸的。

观音皱眉:"人世苦海,你仍要浮沉?宁坐飘摇之舟,也不求永世逍遥?"

我说:"我更想问菩萨,我成佛之日,能见嫦娥否?"

这声问,如晴空天鼓。

"孽畜!安敢出此妄语!"忽有一人从菩萨身后转出,背负混铁棍,腰佩吴钩双剑,怒目嗔视:"羿落九日,解厄三界。遗孀居广寒,怎容你这等俗人侵扰?"

原是李靖二子,惠岸行者木吒。

李靖恨我,他便恨我。

所谓佛亦有金刚怒目,原来便是这般。与人间没什么两样。

八戒者,

一戒喜,无喜便无悲。我肃容。

二戒怒,怒火遮本心。我双眼闭上再睁,直视观音。

三戒哀,容易催愁肠。我正襟。

四戒惧，畏缩无前路。我跨前一步，惊得木吒抽出吴钩剑。

五戒爱，此字最伤人。我回首云栈洞，将这三个字印在心中，再不肯忘。

六戒恶，苍生皆可度。自身难度，度什么苍生！

我双手合十，静对菩萨。

七戒欲，如此绝尘业。所谓神佛，不做也罢。

八戒……

"菩萨你可知，你传我断七情，我却为何名八戒？"

人只七情，我却有八戒。

我叹了一口气："第八戒，我戒的是嫦娥。"

但那一日卯二姐盘的，分明就是嫦娥的发髻。

但翠兰眉眼间的娇羞，分明就是嫦娥的温柔。

原来我停驻的所有旅途，都是她曾留下的风景。

我爱过的所有人，都像她。

原来嫦娥，是戒不掉的。

我问观音："后羿先圣，功德无量。但逝者已矣，生者难道要永世守望？凡人守节，不过一世，亦逼死多少痴男怨女。嫦娥是永生真仙，却得不到半点逍遥？"

菩萨不答。

观音问我："难道你失败了一次之后，仍不知错？"

"我是失败过。"我再次踏前一步，上宝沁金耙在手，"但是，我何错之有？"

我只知道，爱一个人没有错。

我不会去管神佛定下了怎样的规条。那些对错，只是他们的。

流光四溢，禅音缥缈。

我将把一震,从佛境中惊醒。
观音木吒,都消散无形。

佛境之中花开四季,云栈洞外惊雷骤雨。
我见过极乐净土的逍遥,但我仍不能忘却月宫里的风景。
天地广阔,三界辽远。福陵山云栈洞,是如此的卑微而渺小。
在狂风骤雨惊雷疾电中,好似飘摇之舟。

我一寸一寸挺直自己的背脊,一点一滴寻回失去的自己。
我仰首向天,怒喝:"风伯雨师雷公电母!再敢聒噪,立杀无赦!"
声压雷鸣。
我倒提上宝沁金耙,从下往上撩起,举天一击。
气劲冲突如龙,搅动风云震荡。
天地忽然安宁。
其时也,惊雷弭,乌云消。
明月照。

我很久不曾望月,它依旧如此皎洁。

那一日临走前,卯二姐说的是:"姐姐并非无情,只是为了保你性命。"
可是嫦娥啊!
成仙何用?若不得逍遥。
活着如何?若只得离别。
生不快活,活不解脱。
不如不生,不如不活!

我一步踏空,脚下出现一道天阶。

天阶无尽,从我面前延伸,直入月宫。

那时我只知逃避,

现在,我要寻觅。

我正衣冠,持兵刃,拾级而上。

天意自古高难问。

我却如何问不得?

云端深处,忽闻战鼓鸣。

一座宝塔镇下,天阶如雨坠落。

无数天兵天将涌出云端,刀枪如林,旌旗似雨。

托塔李天王引兵而至,南天门四大天王各持兵器在侧。

哪吒踏风火轮而来,尖枪垂下,叹道:"何苦?"

"你没有爱过一个人,所以你不会懂。"我看着哪吒,战意开始沸腾。

"如果你记得,在九天之上,我战过多少神佛斗将;如果你知道,在人间,我翻越多少峻岭高山;如果你明白,我走了那么远的路,只是为了站到她身旁;你就不会再问我这个问题。"

"识时务者为俊杰。"李靖眼皮微抬,冷冷看来,"哪吒之后,还有二郎真君。"

一支偏师现出,为首一将,相貌俊美,负手而立。眉心一只竖眼,威严如渊似海。

"真君之后,还有本帅。"

李靖下意识往后扫了一眼,冷笑道:"这一座山,你翻不过去!"

他身后佛光隐隐,或是大日如来。

是啊！三界之中，谁能越此高山？

是啊！纵是无法无天的孙悟空，也被镇压了五百年。

我在想，如果是那只猴子，他会说什么？

"俺老孙想试试！"

大圣，岂能让你独擅其美？

何为天蓬？

我是九天之上，第一随性人。

这七情六欲，我戒不掉！

我执耙腾云，仰头一笑，

"俺天蓬，也想试试！"

第一章　三界六道都好眠

十万八千里遥路,大圣,你为何西行?

"在很久很久很久以前,久到我也记不清多久了。"
"我什么也看不到,什么也听不到。"
"那种感觉……"
崖边有一棵三人合抱的大树,枝丫在风中摇曳。
一头老牛在树下,声音低沉:"孤独?"
一阵沉默。
猴子翻身跳下高崖,将一声叹息丢在身后,"也许吧。"

他一跳已是千百里远。
太阳洒下金光万点,染得在空中不断坠落的美猴王愈发耀眼。
他不断下坠、下坠。
坠落地面,趴成一个自由的大字。
但趴在地上的美猴王,怎么会自由?
天边探出一只金光璀璨的巨手,巨手化大山,轰然压落。
这山是如此沉重,压得整个大地都一声哀鸣。
高山巍峨,被压在山底的猴子如此渺小。
但猴子身形微扭,这巨山便隐隐摇晃。

一个金甲神将飞来,将手中金帖贴在山巅。

金帖上六个大字,唵嘛呢叭咪吽,金光流转。

山势蓦然一沉,将猴子死死压住。

数以千万钧的巨力压得浑身骨骼咯吱作响。

但猴子只是转了转头,喃道:"可以睡个好觉了。"

他那毛茸茸的脸贴住地面,像一个离家已久的游子,贴着他的母亲。

那双赤金色的眸子终于闭上。

猴子从高崖跳下时,老牛便已经转身。

他的步子很慢很轻,但很坚决。无论身后是山的轰鸣,还是地的挣扎,他都不曾回头。

翻天覆地,都丢在身后。

只当猴子闭眸的那一刻,他忽然轻轻甩尾。一只拳头大小的牛虻不及闪躲,被整个拍飞。速度之快竟发出利箭穿空的尖啸声,一直撞到远处的五行山上,被一层金光所阻。

"啪!"炸成漫天血沫。

老牛吃吃地笑了,"三界六道都好眠。"

你说,为什么会做梦?

他想了很久,才终于明白。

有些东西,只有闭着眼睛才能够看到。

梦,因而漫长,因此痛苦。

有风,有雨,有滚滚雷霆。

自那远山之中,高大的身影大踏步走来。头戴水磨银亮熟铁盔,只露出一对弯曲的牛角,直刺天穹。雄健的身躯将锦绣黄金甲撑得鼓起,脚下一双麂皮长靴,踏地如擂鼓。

"天有多高?"他张开双臂,在风雨中大喝,"高不过我老牛去!"

那满山遍野,目之所及,尽是妖魔。

那些奇形怪状的妖魔们,此刻眸中都涌动着某种炽烈的情绪,狂热呼喊,"平天大圣!"

"哈哈哈哈!"猴子一振血红长披,踏云悬在空中,招摇毫毛是风吹不灭、雨浇不熄的金焰,那金甲是雷雨天的太阳,那赤眸是千万妖魔的光!

"老孙与天齐!"

东海惊涛汹涌,一重重骇浪似要卷向天空。

龙宫紧闭,平素趾高气扬的水族兵将蜷在宫门后瑟瑟发抖。

"老子若是未点头,四海之水不敢流!"

蛟魔王脚踩惊涛骇浪之巅,仿佛要驾海上凌霄。

"覆海大圣在此!"

狂风骤雨暴雷,天地间飞鸟绝迹。

但一对长刀般的羽翅忽而掠过,斩断了风,割裂了雨,划破了长空!

妖魔们只看到寒光一闪,视线仿佛被割破,威风凛凛的鹏魔王便出现在这片天空。

鹏翼展开,好似垂天之云。

"吾乃混天大圣!"他薄唇微吐,一声长唳。

其声锐利而桀骜,好似密密麻麻的利箭排空而啸。

方圆千里,雨珠顿了直有半刻,方才接续。

轰隆隆,轰隆隆,仿如地龙翻身。

群妖看向远山处,远山在移动。

移山大圣来了!

高山连着高山,巍峨叠着巍峨。

那头雄狮负山而行,高山只如驼峰!

他将肩一耸,连绵高山腾空而起,一时乌影重重,山将崩而地将裂。

狮驼王人立而起,化作狮头人身的昂藏大汉,随手一抓,将那些高山收作一把泥丸。

"嘿嘿嘿……"一阵怪笑不知从哪里钻出来,似要钻到心里去,令一些修为尚浅的妖魔禁不住捂耳。

猕猴王不知何时站在一处树巅上,脚踩片叶,却如踩着万里山河。他一只手拢起,放在耳侧,好像在听着什么,忽然露出大惊失色的表情,"天庭兵将在集结啊!"

通风大圣者,能听阴阳,遍识三界。

"我好害怕呀!呀呀呀!"他癫狂怪笑。

面相恐怖的禺狨王从一处山洞里走出来,长尾拖地而行。

他向来寡言,此时淡淡地扫了一眼天空,只从牙缝里吐出一个字,"滚!"

于是千里内的山神连滚带爬遁远,于是风伯掩目,雨师闭耳,正控雷的雷部神灵匆匆驾云回转,连法器都忘了收。

所谓驱神大圣,屠神灭佛,杀气盈天,神也惧,鬼也惊!

当是时也,风住,雨收,雷歇。

七圣皆在,万妖共聚。

好一片天地清明。

却正合群妖乱舞!

那是一个多么辉煌的时代！

七大圣聚义，举旗反天。

从东胜神洲到西牛贺洲，从南瞻部洲到北俱芦洲。

一夜之间，遍地烽火。

千千万万的妖魔站起来，以刀以枪，以拳以爪，向神仙们发动了战争。

三界无宁日，六道起刀兵。

血与火，终日高歌。

神仙们从未想过，过去那些予取予求的生灵，竟然还有这样一副狰狞的面孔。

当耕地的牛掀翻铁犁，当看家的狗撕碎院门。当鞭子不再能恐吓，当锁链不再被惧怕。

神灵们，开始慌乱。

战鼓轰隆隆响起，战车从空中滚过。

威压六道的天兵天将列阵而出，却并没能如想象中那样摧枯拉朽。

他们面临的不再是零星的反抗，不再是一时的血勇。

厮杀在翠云山，在天河，在东海……在一切神灵注视着的地方展开。

他们以为他们能掌控一切。

但总有一些天生桀骜的存在，要告诉他们答案。

难以计数的妖魔倒下了，但更多的妖魔开始嘶吼。

开始疯狂。

什么是妖？什么是魔？

漫长的时光中，妖魔代表着黑暗，代表着污浊，代表着茹毛饮血，代表着穷凶极恶。

可是在神灵统治的无数岁月中，唯独这一次，他们真正认识了妖魔。

看到了妖魔的利爪与獠牙！

妖族七大圣有如七面不倒的旗帜，在天庭纵横无敌的兵锋前依然飘扬。

尤其那一只金甲红披的猴子，永远战斗在最高空。在所有妖魔一眼就能看到的地方，那条金灿灿的铁棒贯穿天地，一次次将天兵军阵打穿。

是什么在燃烧？
是什么不肯熄灭？
为什么前仆后继？
为什么宁死不退？

"你们可以活下去，为什么还不满足？"神仙们既惊诧又愤怒。

好恨，好恨这种居高临下的语气！
好恨这种不懂、不想懂、不肯懂的眼神！

是怒火在燃烧。
是希望不肯熄灭。
因而一往无前，因而以死为争。
因为……我们生来自由！

"哈哈哈哈！生气？你们居然也会生气？你们这些低贱的爬虫，卑微的走兽，笼中的飞禽！难道也有愤怒的资格吗？"神仙们笑得前俯后仰，有的甚至笑出了眼泪。

一滴仙泪，便是人间骤雨。

那些懵懂不知的人类，伏地跪拜，感谢天赐甘露。而忘了此前他们为什么旱地三年，饿殍遍野。

在那些煎熬的时光里,他们苦苦乞求,不敢怨天一句。而终于在此刻迎来了希望之甘霖!

神灵多么仁慈啊!

人们多么恭顺!

那些神仙们笑得更开心,更得意,更畅快。

"哈哈哈哈……"

"太好笑了哈哈……"

可是,笑什么?

你们笑什么?

"同是天生地养,凭什么你是神我是妖,你是仙我是魔!谁分的阴阳,谁定的善恶!"

紫金冠的翎羽高高扬起,涂满鲜血的红袍空中招摇,声音自交错的獠牙后挤出。

"你定的吗?"

他足尖一点,踏碎浮云,整个身体如离弦之箭,瞬息便冲到天兵阵前,金箍棒在空中划过一道凌厉的弧线,轰然砸落!

一棒之下,法器成灰,血肉成泥。天兵军阵瞬间塌陷了巨大一块。

齐天大圣反身又是一棒,无可抵挡的巨力将袭来的天将连人带刀砸成一团!

"是你定的?"

凶暴的眸光四扫,盯着哪位神将便身随棒至。

在无数天兵天将的包围之中纵横来去,一条条性命铺就他狂肆的路!

他问!他挥棒!

谁敢回答?

谁有资格回答他?

一位强大的火部灵官爆起全力挥剑将那铁棒稳住,正欲就势反击,一只毛茸茸的手探来，轻轻捏住他的脖子。

凶眸只是一扫，周围的天兵就吓得远远退开，让出一片巨大的空缺来。

齐天大圣随手将铁棒垂于身后，单手将这可怜的火部灵官高高举起。

"还是……你定的？"

"妖……猴！"在拼命却无用的挣扎中，这位火部灵官仍未忘记作为一个神灵的骄傲。

他用尽全力与那只铁铸般的手臂对抗着，涨红着脸发出嘶声："妖……就是恶！从……来如此！"

降魔大元帅远远看着这一幕，禁不住为麾下神灵的气节而抚须。

"哦。"齐天大圣微一点头，蓦地将手捏紧！

那火部灵官的声音戛然而止，大好头颅与尸身一同滚落，竟是被生生捏碎了脖颈。

李靖气得面目涨紫，戟指点落，"给本座杀！杀了他啊！"

手持利刃的天兵天将们畏畏缩缩又咬牙切齿，轰隆隆，轰隆隆，雷部神灵又敲击着促战的鼓。

天地之间，一道漫长的火线划过。

火尖枪的锋芒，在这个瞬间照亮了战场。

"从来如此？"齐天大圣自言自语般问了一句，方才施施然倒拉铁棒。

金箍棒后发先至，自下而上，与火尖枪铿然对撞！

棒身抵着枪尖，齐天大圣看着火尖枪的主人，"从、来、如、此？"

一股沛然难御的巨力涌来，三坛海会大神顺势退远，将身一摇，现出三头六臂法相，风火轮转动，又扑击而至！

混天绫的红影中，夹着乾坤圈的冷光，更有那枪尖如芒，竟成寒星点点！

但在那红影中，在那冷光中，在寒星点点中，一抹金色愈来愈耀眼！

轰!

天与地之间,所有的一切都失色,仿如仅此一棒。

一棒横扫,将哪吒砸飞百里!

他提着棒,踩着云,一步一步走向哪吒。

周围天将如云,天兵似雨,他视若无睹。

"你很强。"他龇着牙,侧着头,"但你不该拦我。"

借着风火轮的力量止住退势,哪吒缓缓擦去嘴角的血迹,攥紧了长枪,"仙职在身,大圣见谅。"

"什么大圣,那就是一只卑贱的妖猴!"李靖在远处怒斥。

但对峙中的两个人都如未闻,齐天大圣在无数天兵憎恨又畏惧的目光中前行,"为什么你有仙职,而我没有?"

他问,"仙是什么?妖是什么?"

哪吒一时怔然。

"太白老儿说我跪下就可以成仙。"说不清齐天大圣的表情,那是一种难以形容的状态,好似轻蔑,又好似悲伤,他爬满绒毛的手指着大地上的妖魔们,"但是他们,连跪下的资格都没有。"

"凭什么?凭什么九天之上住神仙,穷山恶水困妖魔!?"

"凭什么你们万古长青,我们生老病死!?"

"我们踩同一块大地,顶同一片天空,凭什么说这是你们之三界!?"

他愈说,那双赤眸愈翻涌。

每一根招摇的绒毛,都仿佛在咆哮,在怒吼。

"哪有那么多问题?"一道酷冷的声音砸落,一杆三尖两刃刀拦在身前。

二郎真君横刀而立,竖目圆睁,"仙就是仙,妖就是妖!亘古如是!"

"亘古,是从什么时候开始?"齐天大圣看着二郎神,他问他,又绝不只是问他,"又是谁在那时定下的这一切?"

话已经说得太多,以杀作歌!

他一跃而起,挥棒暴喝,"问过老子了吗?"

轰!

三尖两刃刀与如意金箍棒,仿佛两颗划破长天的星辰,决然相撞。

第二章 天生地养万万年

痛快，痛快！

巨灵神，随手可败。

四大天王，一棍横扫！

都天大灵官！好对手！

三坛海会大神！二郎显圣真君！

啊！啊！啊！

痛快啊！

让老孙放手施为，打他个天翻地覆！

"妖猴！你回头看看！"

是谁？谁的声音？

齐天大圣从仿佛永无止息的战斗中脱身出来，骤然回头。

他看向花果山，但哪里还有花果山！

大地干裂，溪水断流，花草枯萎，遍地黑灰。

奇形怪状的妖魔们，奇形怪状地死去。奇形怪状的尸体，铺就奇形怪状的画。

是谁落下的画笔？

那些仁慈的神仙，像涂抹一团墨渍般，将那么多生命轻易地抹去！

赤眸中火焰腾飞。

他看到一头巨大的青狮与狮驼王撕咬一团,所过之处高山摧折、大地塌陷。

他看到牛魔王显出本相,与一头六牙白象拼死角力。每一次对撞,都发出轰雷般的爆响。

他看到大势至菩萨云端探掌,鹏魔王挥戟纵横。天地震动的巨力之前,有割天裂地的锋锐。

他看到东海之上掀起巨浪,四海之龙围攻蛟魔王。断角残鳞,起伏无垠之海。怒啸赤血,激荡狂暴之波。

他看到观世音菩萨洒下甘露,倾盆大雨将禺狨王绒毛淋得湿透。那所谓神圣的甘霖,腐蚀着玄铁之躯。禺狨王不闪不避,雨中前驱。屠灭一个一个敌人,一步一步靠近观音。

还有那来去如电的通风大圣,在敌阵肆意穿梭。

"啧啧啧啧!"

他看到,通风大圣一把揪住一个神将,看着他在手中肝胆俱裂、痛哭流涕。

猕猴王癫狂大笑,"原来,原来神仙,也会害怕啊!啧啧啧啧!"

在求饶声中,猕猴王张开大嘴,一口咬掉半个头颅。

"孽畜!"普贤菩萨的玉如意翻空砸落。

猕猴王狂笑纵过,但文殊菩萨恰好出现在他身后。

那柄能斩断烦恼结的智慧剑将他洞穿。

两大菩萨联手偷袭,早已注定了结果。通风大圣能听三界,却听不得佛光照耀的菩萨心。

"啧……!"

猕猴王无力坠落,鲜血洒长空。

齐天大圣看着他,只能远远地看着他。

看着他用最后的气力狂笑,"你们记住,神仙……也会害怕!"

看着那狂笑戛然而止。

看着他坠落。

文殊菩萨转身看着齐天大圣,脸上竟笼着圣洁的白光,笑容亲切,"猢狲,放下屠刀,立地成佛。"

啊!啊!啊!

我曾以为修得神通盖世,就能无拘无束!

我曾以为不亏不欠,就可自由自在!

我曾相信众生平等,我曾向往位列仙班!

却原来,大家都跪下才叫作平等,成仙第一要学的是摇尾乞怜!

原来,那些不被神灵承认的就是妖,那些胆敢反抗的便是魔!

"放下屠刀?"齐天大圣看着这位以智慧著称的大菩萨,獠牙磨得作响,"你手上的血,可还未干呐!"

他从天庭诸将的包围中一跃而出,这位释迦牟尼佛的左胁侍还未来得及反应,那铁棒已当头砸下!

"老子先送你解脱!"齐天大圣这一棒,将文殊菩萨连法身带剑砸飞!

但或许,一切到此为止了。

一眼看不到尽头的仙佛将他围住。

在围拢过来的二郎神、三太子、普贤菩萨……诸多仙佛面前,齐天大圣将身一摇,显出法天象地的神通。

他身高千丈,有如自蛮荒大地走来的巨人,红披飒飒,金甲煌煌。

这一刻他是三界六道的中心,所有神通之士目光的终点。

如意金箍棒猛地身侧一顿!万里之内浮云尽散,天地澄空。

"来啊!"

那如意金箍棒迎风便长,在仙佛们惊骇的目光中不断延伸,下抵冥府,上撞天宫!

无数岁月以来，妖魔们从未如此头颅高昂。

不是玩物，不是宠兽，不是跪求恩赐的乞丐，不是予取予求的一团浑噩血肉。

他们是妖，是战士；他们是妖，是自由。

那样伟大的时代，怎能忘却？

每一个妖魔都可以昂首挺胸行走于大地。

鸟飞于天空，鱼游于大海。走兽穿于林，有妖躺崖间。山清水秀之地，一树树温柔的花开，碧翠欲滴的叶，红艳艳的果。

活着并不一定是只为享受，而是可以决定要享受什么，可以有享受或者不享受的自由。

活着，是为了自由。

爱的自由，恨的自由，斗争的自由。

在那阕最激昂的高歌中。

妖魔的旗帜，一度飘扬在南天门外！

真让人怀念啊！

有时候我们怀念的，究竟是那种意气风发的辉煌，还是那个无所畏惧的自己？

当利爪被磨平，当尖牙被斩断，当筋疲力尽，当头破血流，我们还能用什么去战斗？

地，包容而广阔；天，无垠而无穷。

即使再强大的存在，又如何跳得出这片天空？

因而从一开始就注定了失败吧。

举兵伐天，就像一个痴人的梦呓，本该湮灭在无声无息的黑夜中。

既是一个一戳即破的泡影，又何苦视若珍宝，小心翼翼地捧出？

所以，不该醒来吗？

不应该吧，有一千种一万种声音会这样回答你。

你多么渺小,你应该明白的。

天庭至高无上,佛法浩渺无边。

一滴水想颠覆大海,一颗沙想翻转沙漠。

难道不可笑吗?

你于是笑了。

是笑那滴水还是笑那片海,是笑那颗沙还是笑那片沙漠,又或者,只是嘲笑你自己?你也说不上来。

你掸了掸膝盖,习惯性地准备跪下。

只是,你突然想起来。

天空之后,有什么呢?

如果翻过这片天空,能够看到什么?

那样未知的远方。

你犹豫吗?你害怕吗?

你,想知道吗?

你想。

那是每个生灵诞生之初都有的一点灵光、一滴渴望。是对生命的敬畏,对宇宙的好奇,对自由的向往。

所以你知道答案。

所以即使有一万个失败的结局,但至少有一个理由,让我们去战斗。

去战斗!

天生地养万万年,每每争朝夕!

茫茫东海,千丈长的蛟躯随波涛浮沉。

高渺云端,纵横桀骜的妖魔折翼长空。

数百里的大地被轰平,青狮啃食着失败者的血肉。那具妖躯很大,足够它吃很多年。

当真正强大的神灵们联手而至，所谓的驱神大圣更像一个笑话，身负重伤遁逃无踪。

唯有七大圣之首的牛魔王依然昂立，他挂着混铁棍站在那里，脚边散落的是六牙白象那六颗牙。

他的强大武勇已无须再证明。

你能看到他破碎的甲胄和隐隐发颤的手，你知道他一定会倒下，但不知是什么时候。

也许就在下一刻，也许还能再战一万年。

只是，太勉强了啊。

齐天大圣自云端回身，折断的兵刃与残缺的尸体铺满视线，干净的云和黑色的地。

几只未成精的秃鹫在低空盘旋，烈火在鲜血上燃烧。

整片战场，只剩一面旗帜还直直挺着，但残破的旗面已不再随风招摇。

握旗的是一只枯瘦的手，近乎皮包骨头，绒毛只得稀疏几根。

齐天大圣认出那只年迈的猴妖来，说不清具体是哪一年，但他记得曾封这猴妖为猴大将。

当时他还不这么苍老，他强壮、健美、骄傲、热血沸腾。受封那天，他激动得将胸膛拍得砰砰作响。

他是什么时候老去的呢？

齐天大圣本不会为此感伤，在他漫长的生命当中，已不知多少次沧海桑田。

但此刻这只年迈的猴妖竟让他动容。

这只皱纹横生的老猴，双手攥着旗帜，站在尸堆中。说不清是他擎着这面旗，还是这面旗帜撑着他。

岁月在他身上肆虐，让他老朽，让他衰弱，让他不再强壮有力。

但岁月击败他了吗？

一名神将踩着云飘近，不惜耗费法力避开地面这些令他厌弃的尸体。

他抽出法剑，就要给这只衰老猴妖一个最后的了结。

但不等他动手，一阵风吹来，旗帜一歪，这只老猴便已倒下。

夕阳残照。

在天庭与佛土联军面前，妖魔们是撼树的蚍蜉，是撞石的幼卵。

实力太过悬殊，就算偶有辉煌的瞬间，也终将随风而散。

"这是你想要的吗？"

观世音菩萨这样发问，"血流成河，尸堆成山。"

她有一双洞彻人心的眼睛，她有一副悲悯众生的笑容。

她这样悲悯的微笑着质询，"成千上万的妖魔因为你们的罪孽而身死！这难道就是你想要的结果吗？"

那高踞云巅的齐天大圣，虽然金甲碎裂，虽然红披残破，但他抓着金箍棒的手依然有力。

败局已定，但仍有许多妖魔在战斗，因为他还在高空。

他还在，战争就未停。

但是啊，

他怔怔地看着这一切。

他的手松开了。

"齐天大圣！"

无数妖魔哭喊起来，哭得撕心裂肺。

那根横冲直撞的如意金箍棒，坠落时竟轻飘飘的，如一根渺小的针。

无垠大地，寻不见。

桀骜不驯的齐天大圣,
纵横无敌的齐天大圣,
都消失了。
最后只剩一只孤零零的猴子,终于低下了他高傲的头颅。
我,输了!

第三章 我就是佛

时间在流逝,
一直在流逝。
但时间的流逝毫无意义。

如果你细看过太阳是怎样一点一点地东升西落,你就会明白我为什么这么说。

你有没有吃过铜丸?
吞下去之后,大概太阳第十三次升起时才能消化。才不再继续折磨你的胃。
如果你咬破它,让它碰撞你的牙。
铜包着铜,硬硌着硬。
难受叠着难受。
这个地方很久不下雨,或许是得罪了谁吧?在很多年前的那场雨里,在咽下的泥水中,我尝到了愤怒的滋味。
那么,你有没有喝过铁汁?
滚烫的、暗红的,大约算是好看的。
当它从喉咙里滚过,像千万根小针在刺。你想叫,叫不出声,你想挣扎,这山太重。只能把这种尖锐咽下,让它顺着食道一路扎下去。
那很痛苦。

但痛苦证明你存在着。

是啊,我还存在着。
但已经五百年了。

猴子睁开眼睛,看到一个锃亮的光头。
猴子闭上眼睛,那光头却仍在眼里晃荡。
猴子不耐烦地再次睁眸,却发现那光头开始撸袖子。
"这他妈难道是想打我?"猴子心里想着,暴躁地龇了龇牙。
但那光头一言不发地开始爬山。
猴子转过脖子,仰头看去,正好光头一脚踩歪,一团泥土裹着碎石坠下,铺了猴子一脸。
"呸呸呸!"猴子吐着嘴里的泥,气急败坏,"你过去点爬!"
那光头双手抓住一块凸起的石头,脚下乱蹬半天才找到一处落脚点。他这才有精力低头看着猴子,"啊!对不起。"
很有些慌张,也因而很有些诚恳。
"那和尚!"猴子赤金色的眼眸转动,"你做甚?"
"哦,那帖子……"和尚吃力地仰着头看向山巅那张金辉流转的佛帖,解释道,"贴错地方了。"
他说得如此随意,如此理所当然。
猴子竟不知该说什么。
这光头身上全然看不到神通,要么是高深莫测,要么是痴人说梦。
他奋力爬山,缓缓靠近那道佛帖。
那道灌注如来佛祖无上法力、生生压了齐天大圣五百年的佛帖。

在漫长的时光里,有没有谁试图来取下这道佛帖呢?
自然是有的。

在最初的一百年里，每天每夜，每时每刻，都有妖魔靠近，像赶集般络绎不绝。他们大部分被守在山外的六丁六甲神将或护法迦蓝所阻。

也有一部分妖魔能够冲破守卫，冲上山，冲到那道佛帖之前。

而后金光大放。

猴子不记得自己见过多少次那种金光了，多到即使以他的火眼金睛，也都觉刺眼。

那金光如日光，而那些妖魔是雪。

日光出来，雪就一寸一寸地融化。

最初的一百年里，血流成河。

猴子起先会喊话劝那些妖魔回头，但他只看到那些朝圣般的狂热眼神。

谁能够阻止朝圣者呢？

当他们所朝拜的大圣身陷囹圄。

每一次朝圣，即是一次赴死。

每一次生命的凋落，都是毫无意义的虔诚。

猴子渐渐明白，自己是饵，用来钓那些不屈服的鱼。

阻止信仰者最好的办法就是毁掉他们所信仰的。

可没有人能够毁掉齐天大圣，除了他自己。

后来猴子不再说话，不看，也不听。

他是一个山底的囚徒。救不了自己，更救不了别人。

没有什么比无动于衷更伤心。

往后数百年，渐渐不再有谁靠近。

他本以为，永不再会有谁来。

除了这个和尚。

除了这个想要揭下佛帖的和尚。

他可能会死。

不，他一定会死。

但猴子什么也不打算说。

如果你的心被风吹日晒五百年，你就会知道什么叫心如铁石。

猴子的心不是铁石，是这坚不可摧的五指山。

死吧，死了清净。

生老病死，一轮又一轮。生了便死，死了再生。

这就是芸芸众生。

不知过了多久。

"施主……"

猴子不耐烦地从鼻孔里喷气，"你怎么又……"

他蓦地睁大眼睛，看到那个眼熟的光头，手上拿着那道金帖晃来晃去。

他脸上没有半根毛，长得一点都不符合妖魔的审美，他笑起来很蠢，但笑得很好看。

"揭下来了啊？"猴子问。

就像问"买菜回来了啊？"一样。

和尚矜持地抿着嘴，轻轻点了下头。

就像买菜回来了一样。

一阵沉默。

猴子眨了眨眼睛，终于忍不住问道："什么叫贴错地方了？"

和尚很认真地说："佛帖不是用来镇妖的，妖怪也不是用来被镇的。"

猴子没有问佛帖和妖怪分别应该用来干什么，他孩童般下唇裹着上唇吹了口气，吹得额上一撮毫毛微微颤动。

"那是如来贴的！"

"那就是如来贴错地方了。"和尚随口说着，将佛帖胡乱一卷，塞进了袖子里。

看着猴子饶有兴致的目光，他解释道："这可是真迹！收藏一下。"

猴子发现他有一双非常干净的眼睛，像很久以前花果山的天空。

猴子问："对你们这些光头来说，不是佛意即天意吗？"

和尚点头:"是啊,佛意即天意。"

迎着猴子疑惑的眼神,他笑了:"但天是天,我是我。天意如何,与我何干?"

这话随性恣肆,又有种说不清道不明的禅意。

于是猴子也笑了,"你虽然光着头,但你不是和尚。"

"虽然像我这么英俊的光头很少见,但我确实是和尚。"

"那你不信佛?"

"我对佛无比虔诚。"和尚双掌合十,神态的确虔诚。

他说:"我就是佛。"

猴子不再说话。

他闭紧了赤金色的眸子,这一刹有千万个画面闪过。

五百年,五百年了!

天地之间,是否还在呼喊我的名字?

或许还有人记得我,或许已经无人记得。

但是,

我!回来了!

他曲起毛茸茸的一双猴臂,撑着地面,微一用力。

天地间一声巨响,好似远古神灵发出的怒吼,又好像万里晴空炸裂的惊雷。

轰隆隆!

于是大地开裂,于是五指山崩。

大地蔓延开两条深不见底的沟壑,天空中山石乱炸。

山崩地裂中,一只猴子冲天而起。

那些沾染了他五百年的尘埃抖落,还了那一身金灿灿的招摇毫毛。

眨眼便远,似一道金色流光划破长空。

璀璨如当年。

第四章
一滴水的波澜壮阔

这一声山崩地裂,炸醒了多少沉睡的目光。

一根毫毛飘落,化作金罩笼下。

石不能近,土不能覆。

金罩中和尚盘膝坐下,面容平静,不语不言。

不知过了多久,山崩渐止。

金罩也已消失,失去了光泽的毫毛飘落。

一只白净的手将它轻轻拈住,和尚仔细看了看,将这根毫毛收入袖中。

"你干什么?"围着一张虎皮裙的猴子从天而降,手里还抓着一个果皮晶莹的大桃子,咬一口汁水四溅。

和尚站起身来,一边拍着袈裟上的灰一边回答:"这可是齐天大圣的毛,收藏一下。"

"齐天大圣……"

猴子一只手紧了紧虎皮裙,嚼着桃子含糊不清道,"你在等我?"

和尚这才注意到他疲惫的眼神,以及头上金光闪闪的紧箍儿。

和尚点了点头。

"你知道我一定会回来?"猴子将嘴里的桃肉咽下,眸里透出危险的光,"你觉得你很懂我?"

和尚依然平静,"我只是很懂他们。"

猴子沉默了一阵,才屈指敲了敲额上的紧箍儿,发出几声孤独的脆响,"我自己戴的。"

"我知道。"和尚毫不意外,"除了你自己,谁又能为齐天大圣戴上金箍呢?"

"再没有齐天大圣了。"猴子说。

"他们也是这么说的。"和尚说。

两个人对视了一会,忽然都笑了。

"认识一下,"和尚双掌合十,礼道,"我叫唐玄奘。"

"观音让我拜你为师,说以后跟你学佛法。"猴子说着说着,忽然跳转了话题,"你是不是会紧箍咒?"

他轻轻一歪头,在颓废的眉眼间,仍有一抹藏不住的桀骜跳将出来,"念来听听?"

猛兽不困囚笼,凡人不敢靠近。

石猴没有枷锁,仙佛岂能安眠?

如此而已啊。

唐玄奘启唇轻诵。

咒语出口,金箍束紧。

猴子猛地抓住头!獠牙龇起!

没有人能够洞察这一刻他内心的想法,只能看到他以可怕的毅力颤抖着双手挪开金箍,垂于身侧。

他紧闭赤眸,头颅倔强扬起。在长长的绒毛遮掩下,仍能看到他额头上忍不住跳动的青筋。

"真疼……啊!"他喃语。

唐玄奘竖掌于身前,静静看向远空,仿佛在变幻浮云间,看到了他们。

他们,尊贵的他们,伟大的他们,高高在上俯瞰人间的他们。

他们高踞云端之上,注视着芸芸众生。

看众生如蝼蚁,看众生是蝼蚁。

你愿意做蝼蚁吗?

吹气即飞,弹指可灭,懵懂一生,身不由己。

春不知秋,日不识月。

生不知如何,死不知为何。

如果你是这样一只蝼蚁,你历尽修行,有朝一日高坐九天。

那时候你再俯瞰众生。

众生,是蝼蚁吗?

西天极乐净土,佛门无上胜境。

天花乱坠,禅音阵阵。

"金蝉子师兄,金蝉子师兄。"在高渺佛唱中,隐约响起声声轻唤。

金蝉子从打盹中惊醒,正迎上迦叶尊者关切的目光。

"怎么了?"他擦了擦口水。

这声音并不大,但在佛殿中显得如此突兀。

在座所有听经的菩萨罗汉都看了过来,就连那莲台高坐的世尊,也停下了说法。

释迦牟尼佛垂下承载众生的眸光,其声恢宏如天鼓,"何事喧嚣?"

金蝉子摊了摊手,"迦叶刚刚叫我。"

"罪过,罪过。"迦叶尊者慌慌张张下了莲座,先向世尊告了罪,再惊怒地看着金蝉子,"我见师兄酣睡,不敬佛法,因而小意提醒。绝无让师兄搅扰说法之意啊!"

"不敬佛法,从何说起?"金蝉子好看的眉毛皱了起来,"佛度有缘人,与我是睡是醒有什么关系?"

金蝉子乃是世尊亲授的二弟子,迦叶如何敢说他与佛无缘?竟一时语塞。

阿难尊者低唱佛号,"佛法无边,师兄如此怠慢,何日能达彼岸?"

金蝉子转过头来，笑问阿难，"何谓无边？"

阿难尊者回道："无起无始，漫无边际。"

"无起无始，也就无从度量。"金蝉子掸了掸袖子上并不存在的尘埃，"既然佛法无边，我如何不在彼岸？"

满殿无声。

谁敢说佛法有边？

谁敢说法身圆满，便已是终点？

生与灭，弹指间。

修行是漫无止境的长路，永远没有尽头。

彼岸从来在心中。

推舟即是苦海，驻足便到彼岸。

如果说佛法无边，

敬也是，慢也是；睡也是，醒也是。

那又要什么金殿高悬？

又求什么灵山胜景？

阿难答不出来，但他知道这问题并非只是问他。

当初世尊拈花，唯有迦叶一笑。他最是了悟佛心，所以怎会轻言起衅？

有些事不能也不敢细想，但迦叶哪里来的胆子，敢与金蝉子论法？

众佛皆灵觉通透，因而才有这鸦雀无声。

因而理所当然的，于无声处起惊雷。

"放肆！"释迦牟尼佛的声音在灵山滚过，无数罗汉、伽蓝伏地不起。

"金蝉子不听说法，轻慢大教。当打散修为，贬下凡间！"

如此严厉！

众佛心内惊惧，不敢作声。

倒是金蝉子，仍似没睡醒般，还伸了一个懒腰。

佛法无边，佛却不是。

他仰头看着那高大伟岸的金身，只双掌合十，微笑道，"你是佛祖,你说了算。"

话音方落,法身如烟而散。唯有一点真灵,遁空而去。

竟是自散了修为,还转人间。

在我很小的时候,我以为我是大千世界的中心。

我睁眼时,方有花开花谢;我路过时,才有人来人往。

年岁愈长,愈知自身渺小。

没有哪个人是因你而在,没有哪个地方,是缺你不可。

你自然有你的意义,但是这个世界,或许并不在意。

人世如海,人如沧海一粟。

可我渐渐知道,这沧海中的每一滴水,都有自己波澜壮阔的一生。

谁不是大千世界的中心呢?

涓滴意念汇聚,亿亿生灵的海。

谁又能是大千世界的中心呢?

在我成佛以后,我不敢说众生渺小。

我不坐在云端,我常于小溪净足。

我不虔听说法,我愿只手撑颔入眠。

我喜欢风吹晚霞的黄昏,我喜欢袅袅的炊烟。

我爱人间的风景。

我来自人间。

我不适合佛,或者说,佛不适合我。

我决定离开。

有些答案,灵山上没有,佛陀不肯说。

我只能自己找。

哪怕三世十世。

哪怕百年千年。

第五章 定住心猿,也忘却齐天

"喂！"猴子无聊地把那匹马的缰绳从左手丢到右手，在凄凉的马嘶中歪了歪头，"观音让我跟你走，却没说要干什么。"

"呼呼呼。"和尚一只手撑着膝，另一只手气喘吁吁地摆了摆，"你先停一下，我上马跟你慢慢聊。"

"你为什么总要骑马？"猴子不满地看着他，"为什么不是马骑你？"

"问得好！"和尚说，"你刚才问观音让你跟着我干什么？"

"对啊。"

"你确定是让你跟着我？"

"是啊。"

和尚呸了一口，"那你他妈管我是骑马还是被马骑？"

猴子目光开始不善，光头嘴唇开始翕动。

在这千钧一发的时候。

"救命啊！"那匹马大喊。

"你为什么会说话？"和尚吓了一大跳。

猴子手一抖，可怜的马跪倒在地，口吐白沫。

它用虚弱的声音愤怒反问，"我为什么不会说话？"

"老子是昨天那条龙！"它咆哮。

和尚凑过去打量他，"那我昨天那匹马呢？"

猴子站得远远的，一脸嫌弃，"被它吃了。"

"哟呵，杀生！"和尚激动地一拍马头，"马肉好吃吗？"

"凑合吧。"马回答道。

这对话怪别扭。马后蹄一踏，奔云直上，扬颈长嘶，御风化龙。

好一条白玉龙！鳞甲似玉须乱舞，角如珊瑚爪按云。乍一现形，惊得远处林间走兽奔、飞鸟逃。

长长的身躯在云间看不到尽头，龙眸中充满了威严与高贵。

他俯身凑近猴子，吐息吹得落叶狂卷，"你早就知道是龙大爷？"

猴子面无表情，只抬起眼皮，"你是谁大爷？"

这只瞧来土里土气、瘦小普通的猴子，隐隐凶光在眸中陡然炸开。

白龙顿感心底冰寒，掠过那可笑的虎皮裙和那圈碍眼的金箍，他仿佛又看到了四海沸腾的那一天。

那条魔蛟肆虐四海，翻卷惊涛。

那只巨猿冲撞天地，搅动风云！

天空、大海，坠落的神将，漂浮的龙尸。迎风凛凛的战旗，招摇的妖焰和凄厉的哀号。死亡，与恐惧。

他猛地回过神来，缩了缩脖子。

那猴子声音微沉，"变回来！"

白龙下意识身躯一抖，化作一匹神骏白马。

"哈哈哈，敖烈啊敖烈，你现在真怂。"他在心里大笑。

"小白，你叫什么名字？"和尚问。

白龙马显然很想给他一蹄子，但旁边那只猴子令他不敢轻举妄动。

"敖烈。"他很是艰难地说道。

猴子眼神微动，"我好像听谁说过这个名字。"

和尚来了兴趣，"能被你听说过，那可不是什么小喽啰。"

"好像蛟老二这么说过。"猴子微微失神，仿佛又记起了那个嚣狂的魔影，"他说四海龙族里，就一个叫敖烈的小家伙，还算带种。"

他看着白龙马："是你吗？"

敖烈沉默了一会，才咧着马嘴道："能入覆海大圣的眼，我是不是应该感到荣耀？"

"应该。"唐玄奘正容，很认真地说。

"说这些无聊的做什么？"白龙马不耐烦地打了个响鼻，"还去西天取经吗？"

"去，当然去。"和尚把袈裟一撩，抬腿就往马背上翻，但没能翻上去。

猴子随手托了一下，他才得以提缰驭马。

"我走了十世，怎会停下？"他说。

这可怜的肉体凡胎，他的呼吸到现在还没有喘匀过来。

敖烈没有再说话。

和尚的十生十世，猴子的辉煌齐天，甚至他自己的英雄往事，他都不感兴趣。

把那匹凡马吃了，趁机混进取经队伍，一切不过是安排好的戏码。

鹰愁涧，苍鹰不敢飞的威风。哈哈哈哈。堂堂西海龙王三太子，四海天资第一的神龙，好大的威风哟！

他依稀记得那一夜狰狞的大火，记得那些愤怒而快意地呵斥，却怎么也想不起，那张熟悉却扭曲的脸了。

当然，他怎么会忘记观音菩萨的话语呢？

"四海虽大，已无你容身之地；佛法无边，仍有你回头之岸。"

人当被欺，马应被骑，这就是佛法。他在心里说。

好的好的，我皈依。

从东土大唐到西境天竺，有十万八千里。

是不是真有这么远，敖烈不清楚。但唐僧总这么说，他也就这么记住。

他一向志在四海，自然没心思了解人间。那猴子总是一个跟头翻来翻去，十万八千里，也压根不够他翻的。他们都不会在乎人间的山长水远。

只有这和尚，十世为人。他跋涉过万里，每一步都走得很重。

这和尚，双脚走过人间。

因而他知道，他记得，那距离是十万八千里。

所以距离是什么？

距离是心。

有一回猴子拎着铁棒独自出去，回来的时候身后跟着一个肥头大耳的猪妖。他咧嘴笑的时候，倒有些憨态可掬。

他总袒着圆鼓鼓的肚皮，大耳低垂，嘴里"嘀嘀嘀"地笑着。

那是一种极为滑稽的情状，他仿佛要逗笑所有的看客。

但敖烈从未在他眼中看到过真正的笑意。

唐僧收这猪妖为二弟子，赐名悟能。

观音菩萨说，要让他忍人所不能忍，为人所不能为。还要让他自行明悟。

唐僧转述这话时，猪悟能摸着后脑勺，咧着嘴，又发出那招牌式的嘀嘀嘀的笑。

活像个傻子。

后来敖烈才知道，那原是天蓬元帅。

他竟是天蓬。

那个十万水师中独占鳌头的天蓬，那个纵横天河、雄姿英发的天蓬！

敖烈怎会不记得？

当年在西海，父亲嘲笑他心比天高，兄长忌惮他锋芒毕露。四海水军孱弱，他亲自操练出一支精锐水师，起初就是要与天河水军争锋。

他耗费诸多心血的镇海水师，如今是谁的棋子？而如今的他，又在谁的棋盘上？

如今啊，如今。

如今，一个为马，一个成猪。倒也算棋逢对手，将遇良才。

不是么？是么？

如若仰天大笑，岂非穷途之悲？

白龙马突如其来的一声声长嘶，唤得猪八戒莫名其妙。

"闭嘴！"猴子猛地跳了起来，一脸的不耐烦。

"悟空，你这就不讲道理了。"静坐诵经的唐僧睁开眼睛，"我就是念个经，你为什么不耐烦？我又不是……"

他双掌合十，念动咒语，看着那暴躁的猴子猛地摔倒在地，抱头挣扎，才继续道："我又不是念的紧箍咒。"

冗长的咒文结束，猴子翻身而起，恶狠狠地看着唐玄奘。

他喝止的当然是那匹马，但他当然也不会解释。

"菩萨说你野性难驯，紧箍咒须得每日一诵，不使你放纵自我。又说你生来桀骜，念咒须得事出有因，免得你心生仇隙。哎，这么难的事情为什么她自己不干？"唐玄奘耸耸肩，"总之今天的任务完成了。你……瞪着我干什么？还要吗？"

"光头，你找的事因也太敷衍了。"猪八戒说了一句公道话。

"跟你有什么关系，猪头？"唐玄奘说。

孙悟空却沉默不语。唯有这样的痛苦，才能抑制沸腾的杀意啊。

定住心猿，也忘却齐天。

白龙马不止一次地看着。

看着猴子蹲在地上，表情狰狞，手指抠进泥土里。

也看着他在冗长的痛苦之后站起身来，一言不发。

白龙马总是沉默地看着这些时刻，而猪八戒总是沉默地看着猴子。

"杀了他，杀了他。"

白龙马好像听到猪八戒在这样喃语，但一晃神，又好像什么都没听到。

痛苦真是极佳的武器啊,折磨真是惯见的手段。

如齐天大圣这样的盖世英雄,也不免在泥地上翻滚。

如他敖烈这般的天之骄子,也曾在剐龙台前痛哭流涕。

白龙马的心,渐渐安静了下来。大约是唐僧念咒的声音太过轻缓,也大约是,孙悟空受痛的场景太安静。

这只猴子总是一次次于痛苦中倒下,一次次在痛苦中一言不发。

在这样安静的疼痛中,唐僧的声音每每好似叹息。"今天的任务完成了。"

敖烈啊,你只觉得自己痛苦吗?白龙马打了个响鼻,回望笼罩在黑暗中的来路。看不清楚,永远也看不清楚。

月光如水流泻,洗涤着每一颗孤独的心。

又一天结束了。

痛苦,会被适应吗?

第六章 八百里流沙河,间尔闻锐鸣

按照观音菩萨的意旨，唐僧的第三个徒弟名沙悟净。

此乃缘法。

唐僧说，所谓缘法，就是仙佛的安排，并且不容更改。

八百里流沙河，鹅毛飘不起，芦花定底沉。

那天正好午时，那红发蓬松的妖魔立于河心。

他赤裸上身，张开双手，侧身对着河岸的一行人。

一个猴妖，一个猪妖，一匹马，一个面如冠玉的和尚。

这组合在哪里都算奇怪，那妖魔却只是看着天空，不曾看过来一眼。

他不好奇。

他的脸色晦沉沉的，好似积郁了千百年。

从岸边这个角度看去，可以看到他颈上挂着的骷髅念珠，在阳光下愈发惨白刺眼。九个骷髅头，空洞洞的眼窝和嘴，好像在彼此注视，又好像在一起嘲笑。

"施主！"唐僧刚叫了一声就停住。

因为，有剑自天上来。

寒光如电转，锋芒破云浪。

一柄仙剑顺着妙曼轨迹滑过，冲向那河心的妖魔，穿胸肋而过。

脚下波涛来回,好似承受着难熬的苦痛。那妖魔却沉默而且执拗着,依然张开双臂。赤裸的肌肉虬结,赤裸的鲜血淋漓。

那柄穿胸肋而过的仙剑是如此快绝,搅动水汽云气如长虹。

这剑……这般眼熟。白龙马若有所思的眸子蓦地瞪大,因为那柄仙剑又呼啸回来,再次洞穿河心红发妖魔的身体!

那妖魔整个身体似因剧痛而颤动了一下,但他依然不闪不避,依然站立在河心。

于是,剑又回!

回转而来,再一次冲向他的身体。

锵——!

仙剑落入一只毛茸茸的手中,发出金铁交击般的激烈锋鸣,毛手的主人站于红发妖魔旁,声音里的寒气似要冻彻人心,"要么你就让这剑杀了你,要么你就毁了这柄剑!天下岂有待辱之妖!"

猴子一手抓住剑刃,任由仙剑在手中拼命挣扎。一手狠狠拉开巴掌,将这红发妖魔抽飞!

红发妖魔从水里翻身,他好像这时才回过神来,转过头看着猴子。

准确地说,是看着猴子手里的仙剑。

他那即使在剧痛中也显得木讷的表情忽然变了,变得慌张起来,他几乎是尖锐地高喊,"你做什么?你放开仙剑!"

"哈哈哈哈哈。"猪八戒在岸边拍着肚皮笑了起来,"大师兄!你放过这个傻子吧!"

他在"大师兄"上着意加了重音。

"你们懂什么!"那红发妖魔蓦地转头,神态癫狂,"这是我的罪孽!"

他双手握拳,"我必须承受!"

猴子眼中的愤怒突然消失了,他对眼前的一切感到索然。

这已不是他所熟悉的世界,妖魔也不是他认识的妖魔。

猴子懒得再说什么，只轻轻松指。

那仙剑脱离桎梏，如急不可耐的饿兽，一瞬之间就再次洞穿了红发妖魔的身体！

红发妖魔在突然而至的剧痛中忍不住一声闷哼。

猴子一步跃回岸，索性就在岸边坐了下来，毛腿伸进水里。流沙河汹涌的水浪在他脚边无比柔顺。

他毛茸茸的双手撑着河岸，赤眸眺向云端。

五百年了。

当初混天大圣在昆仑顶的怒啸，掀开了妖魔起义的大潮。

彼时佛祖要收他为护法尊神，庇佑他香火绵延。

他一戟劈死传令的菩萨，高呼天下岂有待辱之妖！

于是烽烟乍起，于是烽火连天。

但已经五百年了。

猴子想不明白自己为什么还会脱口而出。

五百年了。

为什么还会出手？为什么还会愤怒？

天下岂有……不待辱之妖？

猪八戒哼了哼鼻子，"师父，你怎么看？"

"用眼睛看。"唐僧说。

人不自救天咎。

除了看着，还能做什么呢？还要做什么呢？

八百里浩荡流沙河，沙与流水击，间尔闻锐鸣。

红发妖魔在河面伫立，以大无畏的姿态张开双臂。

张开双臂不是为了展示坦然或包容，而是表明绝不反抗。

那柄仙剑在流沙河水面穿梭来去，一次又一次地将他的身体洞穿。

带起血花，带来痛苦。

猪八戒一开始还有闲心数一数，到后来便懒得看了。

无论他、敖烈,还是猴子,都早已见惯生死,也尝遍折磨。这眼前的一幕既不特别,也不罕见。

唯有唐僧目不转睛。

"一百〇八次。"当仙剑跃空而去,唐僧开口说。

白龙马打了一个响鼻。

"记得这么清楚。"猪八戒冷笑着,"真是慈悲。"

唐僧说:"如果忘记自己受过的痛苦,痛苦便没有意义。"

"我以为。"猪八戒揉着大肚皮,"这是快活的好法子。"

唐僧深深看了他一眼,"你最知道那不是。"

猪八戒有一种莫名的感觉,这双平凡却干净的眸子,仿佛已经将他看穿。他不置可否地转过头,把目光转向河心。

总有一些痛苦,是不能够遗忘的。骗得了别人,骗不了自己。

那柄执行仙罚的剑已经飞去很久,红发妖魔才回过神来。筋肉蠕动着恢复创口,他随手舀起河水,清洗身上的血迹。

转头看着唐僧师徒,"你们是谁?"

"我是自东土大唐而来的取经人。"唐僧说。

红发妖魔转回头,看着自己染血的手掌。沉默了一阵,才道:"观音菩萨跟我说过了。"

他用双手捂住自己的脸,肩膀止不住颤抖起来。

没人知道他为什么会激动至此。

当他平复下来,踏着水面走近,猪八戒在他脸上已看不到表情,依然是木讷的、沉郁的。

"菩萨说,我跟你走,你会救我出苦海。"他看着唐僧。

"南无观世音菩萨,大慈大悲,救苦救难!"猪八戒大笑起来,"不仅救凡人的苦,也救神仙的难哩!"

唐僧若有所思,"你脖子上挂的颅骨……"

"这是九个取经人的颅骨。"红发妖魔将骷髅念珠取下,"他们救不了我,所以我吃了他们。很公平。"

"我同样救不了你。"唐僧说。

"怎会?"红发妖魔愣住了,讷讷道,"菩萨说你能,菩萨说第十个能。"

唐僧伸指点了点他手中的颅骨,"这个,这些,都是我的前世。"

"宿世记忆已消,但我记得一点,"唐僧看着这些颅骨空洞的眼窝,"这是我第十次来。"

"怎么会。"红发妖魔显然不能够理解,倒退一步,脚下失去控制,踩得水花溅起。

"所以你看,"唐僧笑了笑,"问题不在于我能不能,而在于菩萨怎么说。"

"菩萨说能的,菩萨说能的!"红发妖魔似抓到救命稻草,又往前凑到岸上。

唐僧的眼神和语气都很平静,"我收你做三弟子,你名沙僧,法号悟净。这原是菩萨定好的。"

红发妖魔立即拜倒。"师父!"

猴子不知在发什么呆,白龙马冷眼旁观。

唯有猪八戒咧开嘴,高兴地哼了哼,"总算不用扛行李了!"

雄阔汹涌的流沙河,浪追浪而过。

"你们有没有想过,"唐僧环视一圈,扫过这个再一次壮大的取经队伍,"我要怎么过河?"

"这河鹅毛都飘不起,船自然不能过。"唐僧叹道,"你们都是神通之辈,我不是。"

"你会游泳不?"猪八戒莫名有些兴奋的样子,"我可以教你。"

唐僧用一种看傻子的眼神看着他,"这条河有八百里。"

"我一棍子就可以把你打过去。"孙悟空掏出金箍棒开始比划,很认真地观察落点。

唐僧幽怨地看着他，"我真的会死的，悟空。"

"这颅骨遇水不沉……"沙悟净迟疑着说。

"所以你知道唯一的法子。"唐僧看着自己的三弟子，"用我前九世的颅骨做船，我才能过流沙河。"

"你明白了么？"唐僧问。

"明白……"沙悟净茫然道，"什么？"

猪八戒用一种很奇怪的眼神看着他。

沙悟净在很久以后才明白，那是一种同情的眼神。

猴子懒得听他们废话，一把抓过骷髅念珠，随手丢进流沙河。那九颗颅骨滴溜溜地转，迎风便长，竟化作一条白骨船，随波涛回荡。

猴子直接跳到船头，脚下微顿，这船便似有了灵性般，自动靠岸。

唐僧将袈裟撩起，以免被河水浸湿，提步上船，姿态竟十分轻盈。

"苦海无边，人只能自渡。"他走到船心站定，微微摇头，"而你却指望我。"

白龙马紧随其后，马蹄有规律地敲击着船板。

猪八戒又嘻嘻嘻地笑了，小跑着上了船，立刻一屁股瘫坐下来。

只留下沙悟净独自在岸边，站了很久。

第七章 因无情而永恒

大道三千,有三千劫。

人生一世,逃不脱生老病死,避不过爱恨别离。

而求道之路,何其漫长?

花有开谢,树有荣枯。

唯亘古之日月,不变之云天。任四季轮转,看世事浮沉。不为此增彼减,因无情而永恒。

所以说,大道无情。

沙悟净靠坐在行李侧,不知想些什么,忽然开口:"夜愈发凉了。"

"凉的是月。"孙悟空说。

唐僧盘膝而坐,闭目好似入定,实际上是睡着了。据说以前在灵山的时候,他就养成了坐着睡觉的本事。

沙悟净说,"听说观音传了嫦娥断七情的大道妙法,助她修行。"

他顿了顿,又补充道:"所以广寒宫愈发冷了。"

一阵沉默,没有人想对此发表什么看法。

这是一个星光漫天的夜,风吹草丛如卷浪。

肥胖可笑的猪妖正侧身而眠,鼾声大作。

沙悟净小声问道:"我听说天蓬当年何等英雄,怎么咱们二师兄……"

孙悟空一巴掌拍在他头上，"好好睡觉，关你屁事？"

夜安静了。除了自己的鼾声。
月光毫无遮掩地洒落，却照不出猪八戒的脸，因为他不愿。
大耳朵将脸盖得牢牢的，也因此不会被谁看到悲伤的表情。
猪八戒记得在很久以前，有个女人曾问他，"蝶翼纤薄，为什么能飞越沧海？"
当时他握住她的手，深情款款，"因为对岸有等待。"
她又问，"若对岸没有等待了呢？"
那时他没有回答。
因为他从未想过这个问题。
他从未想过，那个女人会不等他。
很多事情从一开始就预定了结局，他不信，但不得不面对。
今夜的月光如此冰冷。
可是答案，在哪里呢？
猪八戒又想起被从天梯打落的那一夜，又想起那个不肯动摇的身影。
"俺老猪，也想试试！"
我去过，我试过，我失败了。
但我不会永远失败。
西行路遥，总会走完。
猪八戒将手轻轻握紧，好像要抓住一缕月光——这当然是徒劳。
但他的心已经平静下来。
即使对岸已经没有等待，蝴蝶仍执拗着要飞过沧海。

"谁？"
孙悟空忽然一声暴喝，将唐僧从睡梦中惊醒。

这一行师徒，大概都有不能成眠的理由，因而只有他是真正睡着了。

唐僧下意识捏了一个佛印，以示在认真聆听说法，直到看见原本猴子坐的地方只剩夜风卷草，他才反应过来，已不是灵山。

"猴子干嘛去了？"唐僧放松了身体，打着哈欠问。

沙悟净认真地回答道："我刚刚感觉到了妖气，大师兄应该是去捉妖怪了。"

这么一阵吵嚷后，猪八戒不能再装睡，坐起来冷笑，"哼哼，大妖怪去捉小妖怪。"

唐僧上下打量着他。

"看我干什么？"猪八戒不自在地揉了揉肚子。

唐僧说："严格来说，你现在也是妖怪。"

"我？"猪八戒指着自己，"我可是天蓬元帅下凡，现在又万里跋涉去西天取真经，仙味都刺鼻子了！"

"你知道妖怪的定义吗？"唐僧不知从哪里找出一本书，翻了好一阵，才指给猪八戒看。

这一页在"妖怪的定义"这一段里写道：有法力，但是跟神仙不一样的，就是妖怪。

唐僧拍了拍猪八戒的肩膀，"你看你的猪鼻子猪耳朵猪肚子猪尾巴。"

沙僧在旁边咽了咽口水，"听着像报菜名。"

猪八戒冷笑，"神仙里长得奇怪的多了去了！"

"喏！"唐僧指着书上，"这还有一行补充呢！"

猪八戒瞥过去，只见后面一行小字写着：被神仙承认的除外。

"什么话！"他瞪着眼，"这也太没道理了！"

唐僧小心地把书收好，"很多事情就是这样。说出来很没有道理，但是不说的话，其实大家都习惯了。"

猪八戒冷哼一声。

虽然不想承认，但如今的三界确实如此。

"话说回来。"唐僧整理着袖子，"你们有没有发现，最近来找麻烦的妖怪越来越多了？"

"现在外面都传遍了。"沙悟净回答说，"说是吃了你的肉，就能长生不老。"

"哪个断子绝孙的龟儿子造谣！"唐僧猛地跳起来，一手叉腰，一手指着天空骂道："老子自己都不能长生不老，吃老子的肉有个屁用！"

沙僧连忙去拉他，"师父，莫要动气。"

猪八戒在一旁幽幽说道："很多事情就是这样。说出来很没有道理，但是说出来之后，大家就都信了。"

"这些妖怪也是，"唐僧余怒未消，"那猴子倒是长生不老，有本事去吃他啊！"

猪八戒哼哼了两声，"打得过那臭猴子的还需要长生不老吗？"

"吵吵什么呢？这么开心？"

猴子从夜色里走出来，倒拖着铁棒，步子很慢。

"回来了？"唐僧看着他，"妖怪呢？"

"嘿嘿嘿，"猴子笑道，"自是杀了。"

"罪过罪过。"唐僧叹了口气，"出家人慈悲为怀，往后切莫动辄打杀。"

猴子不耐烦地挥了挥手，"聒噪。"

"嘿！泼猴！"唐僧把袖子一挽，"你是不是想念咒了？"

猴子歪了歪头，冷冷地看着他。

唐僧当机立断，双掌合十，就要开始念紧箍咒。

一只毛脚印到他脸上，将他整个人踹飞，顺带飞起了几颗门牙！

猪八戒瞪大了眼睛，"哎哟喂！"

"师父!"沙僧连忙跑过去想扶起唐僧。

但一道身影比他更快。

猴子头也不回,一手倒持铁棒,棒头直指着沙僧,生生将他逼停。

另一只手掐住唐僧的脖子,将他摁在地上,"你念一个试试?"

唐僧用力去扳那只毛手,直如铁铸般纹丝不动。

这位名满大唐的高僧,涨得满脸通红,却一句话也说不出来。

白龙马冷冷看着这一幕,往后退了退。

"孙悟空!"沙僧反手一招,将降魔宝杵抓在手里,"你知道你在做什么吗?"

"啊!"猴子慨叹着松了手,任由唐僧瘫软下来,拼命喘息。

他的毛手由上到下从自己脸上轻轻抹过,蓦地回头,眸里凶光暴涨!

"你想死吗?"

沙僧双手抓紧降魔宝杵,太过用力以致青筋都根根暴起,"他是我唯一的希望,我绝不允许你伤害他!"

猴子轻轻歪头,"真是……忠心!"

话音才落,身形已出现在沙僧上方,一棒砸落!

如此的静夜里,爆起如雷的啸鸣。

沙僧挥杵横拦,却整个被这一棒砸得入土数寸,活像一棵扎根极深的老树。

"猪八戒你还不帮忙!"他吐血暴喝。

猪八戒在一旁耸了耸肩,眼睁睁看着猴子当胸一脚踹去。沙僧魁梧的身躯便拔地而起,又远远抛飞。

"经不取了?"猪八戒这才懒洋洋地问,"要散伙?"

"佛教东传的大功德,我当然不会放手。经自然要取。"猴子收棍冷笑,"不过你们这些废物就不需要了!"

他返身一把拎起还没缓过气来的唐僧,像拎着一只小鸡。

"悟空，咱们聊聊……"可怜的光头在那只毛手下挣扎，试图以理服人。

"啪！"

猴子随手抽了一巴掌 "闭嘴！"

就那么拎着他走进了夜色中。

"得。"猪八戒摊了摊手，"把行李一分，咱们散了吧。"

但等了许久，却没有回应。

白龙马躲得远远的，不知道在想些什么。而沙僧仍躺在地上，一动也不动。

"你怎么了？"猪八戒走过去，想看看他是不是被那臭猴子一脚踹死了。

这时他发现，沙僧在哭。

他哭的样子很奇怪。他整个人仰躺着，拳头攥得紧紧的，脸部扭曲成一团。泪珠滚滚而落，张大了嘴喘息着，却不发出声音来。

"你……怎么了？"猪八戒静静等了一阵，又问。

"一切都完了！"沙僧终于哭出了声音。

月光把他沉郁、无力而悲伤的表情照得分明，那是一张多么绝望的脸啊！

"天上有什么好的？"猪八戒劝道："回不去就不回去吧！在人间占个山头做大王，不也快活吗？"

"你那条河就挺不错。"他又补充道。

"我妹妹还在仙狱中熬着。"沙僧攥紧了拳头，接连几下，狠狠捶着地面。

整片大地，像鼓面一样震荡，把他绝望的声音扩散老远。

"我这样无能，拿什么救她？"

"你妹妹？"猪八戒蹲身近前，一把按住他的拳头，"你被贬下凡，不是因为打碎了琉璃盏？"

沙僧没有回答。

他好像被抽掉了所有的精气神，只剩一堆瘫软的朽骨死肉。

他只是那样茫然失神地望着星空，喃喃自语。

"我是个……废物！"

第八章 那一棒的风情

察觉到妖气靠近的时候,孙悟空不以为意。

他很清楚金箍意味着什么,他亲手戴上的,绝不仅仅是束缚,他所承担的,也绝不仅仅是痛苦。

这是一条什么样的路?

此前从未有过,此后也再不可能重来。

信仰之路只能以双腿丈量,倚不得神通,仗不得妙法,于路上的每一个人,都是漫长的修行。

佛法东传诚然是大功德,但这个世上却不是只有佛。

佛也不是只在西天。

多少伟大的存在暗里交锋,藏在十万八千里遥路中的凶险,又何止九死一生?

往前走的时候,也在舍弃身后。因为这条路……不能回头!

他一条铁棒逢山开山,遇水断流,他已经无须再证明自己的冷酷,那诸多妖魔的鲜血,就是冷酷本身。

但这个妖怪,是犯了什么失心疯?

不仅不避让,还鼓荡妖气在附近来来回回。

是试探也罢,示威也罢。

哪里来的蠢妖,胆敢撩拨他齐天大圣?

孙悟空知道自己不能忍。

他也不会忍。

被压在五行山下五百年,他早已明白了一个道理:任何事都有代价。小到说一句话,大到杀一个人。

他决定出手,下一瞬便已迫近了妖气源头。金箍棒在掌中微微震颤,等待着染血的那一刻。

但此处踪迹已无,只剩一缕残烟缭绕,隐约带来某种熟悉的感觉。

五行山下五百年,最怕见故人。怕是梦,更怕不是梦。

孙悟空攥紧了金箍棒,赤眸眨也不眨,在渺微的痕迹中,寻到了妖怪遁走的路线。

他纵身一跃,已出现在一处幽谷之中。

幽幽的花香遮掩了妖气,在盛开的奇花异草间,错杂着一盆盆高高支起的篝火。

这不像想象中的避难之地,倒像是精心修饰过,专为迎接谁的到来。

她于是现身。

她有一双微弯的眉眼,天然缀着一缕魅意。她沐浴在泻如飘雪的月光下,却比月光本身更皎洁。

她只是站着,这幽谷里的百花,便全然没了颜色。

"你终于来了。"她说。

她的声音清清冷冷,却又绕着一抹丢不下的温柔。她好像要把你轻轻推开,却又忍不住用尾指勾住你。

见到孙悟空,她不但不再逃,反而迎近前去,"我知道五行山定然压不住你!"

但一道暴戾的杀机将她逼停,孙悟空声音冰冷,"为什么引我来这里?"

"五百年了!"那美人眸中秋水盈盈,声音也不可避免地带了一丝激动,"天下妖魔,等了您整整五百年!"

"等一个囚徒?"孙悟空冷笑。

"不!"她声音里的温顺被打碎了,她大喊,"您不是囚徒,您是妖魔之王,你是盖世英雄!"

她被孙悟空眸中的冷漠逼退了。

她有些慌乱地退了几步,轻轻摇头,尽可能地平复情绪,"我是白骨夫人。"

她抬眼看着孙悟空,用那双美丽的、期盼的眸子,"当年您举旗反天,我曾为诸大圣献舞!您……还记得吗?"

还记得吗?

那血色笼罩的一切。那倾塌的山,那断流的河,那无法安息的魂灵,那水枯山秃的家园。

记得吗尸横遍野?

记得吗残旗猎猎?

"我不关心你是谁,我也不想知道你的目的。"孙悟空说,"现在滚,我可以不杀你。"

"是了,是了。您是那样伟大的英雄,您的兄弟是盖代妖魔,您的对手是漫天仙佛。哪里会记得区区一个小妖,况且孱弱如我?"白骨夫人呢喃着,噙着泪的美眸忽又抬起,直盯盯地看着孙悟空,"我愿重入您麾下,为您征战三界!"

孙悟空面无表情,"我已是出家人。"

"弱小如我,当然不配得您看重。"白骨夫人微微垂眸,长长的睫毛将泪珠夹碎,"我甚至冲不破任何一位护法伽蓝的封锁。无数次徘徊在五行山外,却一次也没能闯进去过……"

孙悟空终于明白,那股熟悉感从何而来。当然不是在他意气风发的时候。

而是在那难熬的五百年时光里,许多次的感知,与触碰。这缕妖气,属于这弱小的白骨精的妖气。五行山外,渺小而执拗的,一次次徘徊。

我曾经想过，你是谁。

我曾经问过，在心里。

不知是什么东西压在心脏，在某个瞬间甚至感觉难以承受。但很快就挣脱。

他曾经斗天斗地，面对过无数强大的对手。

他不曾松懈过，不曾手抖。

他奔跑在一条无限坍塌、无限渺远的险路上，不能有一息停留。不能够。

他是齐天大圣孙悟空，他……

白骨夫人已经再次睁大她的美眸，那目光柔软又坚定，"但是这些年我在白虎岭苦心经营，已经为您聚拢了三千妖兵，只要您一声令下……"

"不知所谓！"

孙悟空打断她，一字一顿，"别再说废话了，一个字的废话都别再说！明白吗？"

"我今天不想杀生，是你运气好。但你不会每次都有这种运气。"他转身往谷外走，没有一点犹豫。

"齐天大圣！"白骨夫人在身后大喊，拼尽全力，声嘶力竭。

但那个身影，不曾回头。

火焰在盆里跳跃着，但在某个时刻，一旦油尽，便会灯枯。

黑暗是永恒的主题，谁能够照亮漫漫长夜呢？

"你会回来的。"她喃语。

孙悟空回到宿地的时候，只看到一片狼藉。

沙僧躺着，猪八戒蹲着，白龙马远远躲在阴影里，而那个本该一眼就被他看到的锃亮光头，不见了。

"师父呢？"他问。

不知什么时候起，他叫师父已经叫得很熟练。

猪八戒回头看着他，眼神古怪。

而沙僧更是从地上翻身而起，疯魔般挥舞着降妖宝杖砸来，"臭猴子！还想来羞辱我吗？我跟你拼了！"

"你疯了？"孙悟空一把抓住降妖宝杖，发现上面传来的力道十分微弱。再看沙僧一副身心都受了重创的样子，便转头看向猪八戒，"怎么回事？"

一直吊儿郎当的猪八戒，脸色变得难看起来，"看来刚才那个猴子不是你。"

孙悟空不会无聊到特意回来羞辱他们。

"你是说，刚才有个妖怪变化成我的样子，带走了唐僧。"孙悟空松开了降妖宝杖，走近猪八戒，"而你眼睁睁看着？"

沙悟净身受重伤，而猪八戒气定神闲，事态再明显不过。

猪八戒解释道，"我以为那是你。"

"往哪边走了？"

"西。"

沙僧这时也醒悟过来，指着西边道："那妖说要自己带着师父去取经！"

"大师兄，"他这会又看到了希望，勉强撑着伤体，"我跟你一起去。"

但孙悟空只足尖一踏，身形便已不见。

猪八戒瞥了一眼白龙马，拍拍沙僧的肩膀，"沙师弟，你就在这守着行李。我跟上去看看。"

他转了转手里的上宝沁金钯，冷笑道："老猪还不曾被这样戏耍过。"

不等沙僧说话，便紧跟着驾云而去。

三界六道，快得过筋斗云的存在并不多。况且信仰传播，不能倚仗神通，即便是齐天大圣，踏上西行路也只得一步一个脚印。那妖怪若不想放弃传教的功德，必然就无法逃远。

或者说，那妖怪本也没想过逃。

因为天色微亮的时候，孙悟空就已经发现了目标。

一行四人，走在林间。沙僧与猪八戒一左一右，而唐僧坐在白马上，被五花大绑着，就连嘴里也塞了一团破布。

一个头戴金箍、腰围虎皮裙的猴子正在前方开路。

看着孙悟空落下，他露出诡异的笑容。

"哪里来的妖怪，竟敢假冒老孙！"这猴子将手里铁棒一顿，霎时狂风卷叶飞，气势煊赫。

"好狗胆！"孙悟空怒极反笑，当头一棒砸下。

假悟空举棒横拦，两棒相击，激起狂烈炸鸣。

一瞬间飞沙走石，金光棒影，重重相叠。

那边假八戒、假沙僧各持兵器围近。孙悟空窥得间隙，一棒一个打死，却是两只寻常猴妖变幻。

猪八戒闻声赶至时，却只见得两个孙悟空战作一团。

这边孙悟空大喊："你看顾好师父，不必帮忙！"

那边孙悟空又喝："看我打杀这妖精！"

从地上打到天上，愈打愈烈，战团也愈斗愈远。

两方都不许猪八戒插手，他也乐得轻松。随手将唐僧从马上放下，却既不给他松绑，也不取了他嘴里的破布，任唐僧"呜呜呜"个没完。

"师父莫吵。"他以耙为枕，便躺倒在地上，肚皮鼓得浑似一个小山丘，"这一架有得打，我先睡一觉。"

真假猴王好一番厮杀，直到离得远了，孙悟空才猛然发力，一棒击退对方，"六耳，不要胡闹！"

"闭嘴！"假悟空感受着手心传来的震颤，却愈加暴怒，再持铁棒横扫,"你有什么资格跟我套近乎!"

孙悟空挥棒拦下,"不要逼我!"

"逼你又怎么样?"假悟空赤眸如火,那是不熄的仇、不灭的恨!"你要降妖除魔?"

他每说一句,铁棒上力道就增一分,"你降妖!"

金灿灿的铁棒自四面八方攻去,"你除魔!"

他暴起全部的修为,带着压抑五百年的愤与恨,向孙悟空砸落无数次的攻击,"你忘了你是谁!"

"够了!"孙悟空金毫竖起,自漫天棒影中捕捉真身,金箍棒如蛟龙跃海而出,耀起灿烂金光!"我与猕猴王兄弟一场,别逼我杀你!"

"原来你还记得你们是结拜兄弟?"假悟空毫不示弱,现出法天象地神通,化作千丈巨猿,挥掌拍落,"我兄长战死,你凭什么苟活?"

他还不解恨,另一只巨掌也合拢而来,直要将孙悟空拍成肉饼,"现在还恬不知耻,甘做佛门走狗!"

孙悟空亦拔地而起,化身巨猿。将拍落的巨掌托住,并一寸一寸撑开,"西行之事,没有你想的那么简单!现在退去,我可以不计较!"

"三界六道,没什么能瞒得过我!"假悟空受力不住,提膝撞来,"你忘了我的本事!"

孙悟空手中用力,将他掀翻在地,"通风大圣也曾这样自负。结果呢?"

"你还敢提他!"假悟空目眦欲裂,错开獠牙,如野兽般向孙悟空咬去。

孙悟空双臂一紧,将假悟空这巨大的妖躯远远甩开。

假悟空人在半空,便已收了法天象地神通。身形顿小,直如电光折转,一去便回!

铁棒势如万钧,挟风雷砸落。

孙悟空亦收神通,反手一棒对轰。

轰！空中暴起一团耀眼金光。

孙悟空决意不再留手，要先将这假悟空打服。

铁棒再一次相撞，假悟空却趁机翻身，借这股巨力纵跃而去，"这里不便施展，咱们换个地方打过！"

神通广大似此二者，天地如咫尺，瞬息即天涯。

流光划空，孙悟空随气息追至，却陡然脸色大变，"你来灵山做什么！"

假悟空回头龇牙一笑，"你猜如来，分不分得出真假？"

"别送死！"孙悟空伸手去抓，却哪里拦得住？

假悟空身化金光，已入大雷音寺中。

佛音说法，声如雷震。惊雷一唱而天下闻，是故名曰大雷音寺。

这是灵山之巅，佛境中心。

是亿万佛子的圣殿，是无量佛光的源起。

满殿佛陀菩萨，罗汉伽蓝，皆注目着突然闯入殿中的两个猴子。

同样的头戴金箍，同样的手提铁棒。虎皮裙同样的可笑，赤金眸同样的桀骜。

虽则满殿菩萨罗汉在座，他们眼中却只有彼此，和如来。

满殿高座者，少有入眼人。

其中一个往如来莲座走去，"如来，这妖怪竟敢冒充我，你快让他现形！"

另一个追上去，"如来休要插手！老孙要亲自解决他！"

满殿菩萨罗汉各自惊疑，唯有如来佛祖神态自若，微微笑道，"猢狲不可顽……"

话音未落，那上前的猴子忽地擎棒便打！

突然的攻击实已贯注毕生的修为，炽烈的金焰在铁棒上飞扬。

阴阳两转，日月轮换。

铁棒搅动罡风如刀，炸响尖锐的呼啸。

震彻灵山胜境,砸落释迦牟尼。
天地尽头,如意万钧!
五百年的等待与盼望,五百年的煎熬与执着。
贯彻爱与恨,揉进生和死。
那一棒的风情!

第九章 生而有问

看到这一棒的瞬间，孙悟空突然懂得了六耳。

什么取西经，什么大功德，他何曾在乎？

他的兄长，是通风大圣猕猴王。

他乃混世四猴之属，生就六耳，善聆音，能察理，知前后，万物皆明。

但猕猴王听不到菩萨心，他六耳亦解不得千古恨。

从一开始，他想要的就是袭杀如来。杀得三界震动，六道不安。非如此不足以慰亡者。

然而他一介妖身，用寻常手段根本上不了灵山。所以才有了真假孙悟空，才有了替代取西经。

他就是为了借着佛教东传的机会，借着孙悟空被"招安"的身份，伺机给如来致命一击。

即使今天孙悟空不跟他斗，来日他裹挟唐僧进了大雷音寺，依然会打出这一棒。

他等了五百年，忍了五百年。

他所有的蛰伏和等待，就是为了这一棒。

毕一生于一棒，这瞬间绽开的灿烂芳华，使大雷音寺万古不歇的佛唱都为之暂止。

声音碎了，庄严碎了，空间碎了。

而后如来探掌。

这一掌天翻地覆,这一掌日月分明。

这一掌有无穷之大,这一掌放无量之光。

他竟早已知晓一切,竟早有准备!

六耳猕猴威势无敌的一棒,在无量光华中竟不得寸进。

这无量的光明也将扑近的孙悟空阻住。

而后一只巨大的金钵盂从天而落,正正罩住六耳猕猴。

孙悟空停住了。

无量光华已逝,他却再提不得一步。

他无法再前行!

如来佛祖揭开金钵盂,瘦小的六耳猕猴蜷成一团,哪还有半分威风凛凛的样子?法力尽失,修为皆散。千百年苦修化飞灰,爱恨尽付弹指间。

眉眼间依稀,仍是当年躲在通风大圣背后,偷眼望向他们的小猴子。

"如来……"

孙悟空才张口便被如来佛祖打断,洪声如雷,"这妖孽破坏取经大业,罪不容恕!如今已现原形,你还不动手?"

佛殿之上,无限光明。

灵山之巅,如此胜景。

六耳猕猴撑起虚弱无力的身体,对着孙悟空龇牙:"来啊!杀了我啊!"

他恨道:"你这个懦夫!"

孙悟空咬牙,挥棒!

金箍棒划过一道沉重的弧线,线的终点是死亡。

从未有过这样一刻,手中的金箍棒竟如此沉重。

他亲手将六耳猕猴打成了飞灰。

孙悟空不记得自己是怎么踏出的大雷音寺，是怎么离开的灵山。

来时一个跟斗须臾即至，走时却步履艰难一步一痕。

他仿佛又听到通风大圣的怪笑，那怪笑声就在耳边缭绕，"原来，神仙也是会害怕的啊！"

五哥，你害怕过吗？孙悟空在心里问。

他不知自己怎么走到了灵台方寸山下，斜月三星洞封山已久。

他独自站了很久，才转身离开。

西行虽然路遥，但总要走完。

那一年从东海回来，孙悟空提着金箍棒去菩提祖师面前炫耀。

"师父你看，这是徒儿新得的神兵！它重一万三千五百斤呢！"

那时他将金箍棒舞得眼花缭乱，非常趾高气扬，无比志得意满。

而菩提祖师只是说，"当你明白它的沉重，才是你真正强大的开始。"

那时孙悟空并不懂，他舞动一万三千五百斤的神针如舞灯花，怎么不明白它的沉重呢？

等他真正明白了它有多么沉重，他却多希望自己能不明白。

太重了啊！

夕阳洒落余晖时，师徒四人正在路上走。

是四人没错，马是不能够算人的。

可马不算人的话，猪为什么能算？猴子为什么能算？

所以真正的问题来了。

什么是人？什么是妖？什么是仙？什么是佛？

在唐僧收藏的那本书里说："有法力，但是跟神仙不一样的，就是妖怪。被神仙承认的除外。"

但除此之外，神仙又是什么呢？

书里没有说，大概神仙们以为不必说，也不会有谁问。

但他们忘了，但凡有灵之类，生而有问。

生下来，就带着对世界的好奇。

直至死去了，也带着对另一个世界的好奇。

"我再也不念紧箍咒了。"唐僧说话还有点漏风。

孙悟空问："如果六耳把你打死了，怎么办？"

"下辈子再来咯。"唐僧无所谓地耸耸肩，"反正你们活得挺长，会再来帮我吧？"

猪八戒惊异于他的坦然，又不屑于他的无谓，"佛法东传，没你不行吗？"

"大约是非我不可吧。"唐僧很自然道，"论通识典藏，佛法精深，整个大唐也没有胜过我的。"

"师父还有一个名字叫唐三藏。"沙僧在一旁说，"精通佛教圣典之经、律、论三藏者，才能被尊为三藏法师。"

"你知道的倒是多。"猪八戒瞥了沙僧一眼，又看向唐玄奘，"你说的是为什么非得让你去西天，而我问的是，你为什么非得去西天？"

"取经之外，我自然也有事情要办。"

"什么事？"

"找如来理论吧。"唐僧说。

猪八戒险些被口水呛住了，"跟如来理论？"

"对啊。"唐僧点点头，"我在灵山的时候，与佛祖理论过三十三次。"

"师父还有宿世记忆？"沙僧在旁边有些不安，担心唐僧记起被他一次次吃掉的样子。

"虽然别的记忆没了，但这个不能忘。"唐僧说道，"忘了我又要从头开始理论，多麻烦。"

虽有天地法则，转世之谜。

但我不想忘记的，便不会忘记。

猪八戒第一次觉得这个便宜师父倒也有值得敬佩的地方，他好奇道："你与佛祖是怎么理论的？"

"他一次也没理我。"唐僧说。

……

不理是否是一种论？

猪八戒没有问结果，因为结果显见。

如来佛祖依然安坐灵山之巅，而金蝉子黜落人间，已是第十世西游。

白龙马打了一个响鼻。

"我不懂。"他说。

师徒几人都很惊异地看着他。因为他自化马身之后，很少说话。

唐僧尤其明白，西海敖烈向来性情刚烈，马身状态于他是莫大耻辱，所以平日是断然不肯出声的。

敖烈接着说："如果所有的努力都不被认可，那么努力有什么意义？"

他是西海龙王三太子，天赋异禀，秀出群龙。他精研兵法，尽全力操练水军。他为西海南征北战，立下无数功劳，却从未得到过西海龙王一声赞许。

西海龙王一生唯唯诺诺，不敢有锋芒，也压抑着他的锋芒。他再怎么努力也不被认可，再怎么天才也不被重视。他从来不被偏爱，即便大哥庸碌，二兄无能。

他不甘囿于一海之地，最后却因缘种种，被困在鹰愁涧一隅之中。

他敢对蛟魔王拔剑，敢与天河水师争锋。最后却为了躲避追杀，只能接受观音的条件。

这世界不公平的事情太多，他想不通，他不懂。

而这个肉体凡胎的和尚,是哪里来的力量,一次次出发?

"你朝思暮想的,即是你的道。求道的路上,只有你自己。"唐僧说话的时候,脸上似笼着一层莹润的光,"所以哪来的观众?哪里需要认可?"

他一次次向灵山跋涉,追逐的是佛唱还是梦呓?

这一路走来失去了什么,得到了什么,又是因为什么?

只有他自己明白。

而大道无边,肉体凡胎的十万八千里,自然是漫长的修行。

"不需要……认可么?"敖烈呢喃。

师者,传道授业解惑。

猪八戒又嘀嘀地怪笑起来,"朝思暮想,唯道而已?"

唐玄奘似明了他所思所想,反问道:"天然有情众生,你以为什么是道?"

譬如羽类,有求搏击长空,亦有比翼而飞。雄心壮志是道,缠绵悱恻又何尝不是?

猪八戒闭上了嘴。

他看着前方开路的那只猴子,注视着他倔强的背影,想象着他的道。

而沙悟净在流沙河甘受仙剑穿心,平日唯唯诺诺,敦厚可欺,护唐僧时却不惜搏命。谁能说他心中没有道呢?

想来那绝不是功德,不是仙位,更不会是那樽碎了一地的琉璃盏。

关于这世界的所有答案,岁月会有它的回应。

第十章 名为倒马,意在回头

灵山胜景，佛音即天音。

六耳殿前伏诛，佛祖再开法会。

一众菩萨罗汉、金刚韦陀纷纷来聚，个个面色肃然、正襟清心，欲从佛音体天道，自佛法求永恒。

当中却有一个比丘尼，好似神游于外，顾自前行。越过了金刚，越过了罗汉，越过了菩萨……越过了诸多，她本该止步的位置。

奇怪的是，没有人拦她。

这本身即是一种意志，在这大雷音寺里的每一个存在都应该懂。不想懂、不肯懂的人，已经转劫到了第十世。

消瘦的比丘尼站在了佛祖身前，站到了随侍的迦叶尊者身边。

她有一张绝艳的脸，但没有表情，声音也平稳，"听说六耳死了。"

迦叶尊者嘴角慢慢翘起，终于忍不住笑了起来，"杀他的是孙悟空。"

"为什么要这样？"比丘尼抬头看着佛祖，看着那璀璨的金身，"我们早已臣服。况且五百年前，六耳还是个孩子。"

"我们？"迦叶尊者皱眉，"善音，我佛慈悲，方允你皈依。莫要忘了身份！"

比丘尼依然抬头看着佛祖，一如从前无数次仰首，固执看着昆仑顶上那个傲然的身影，"为何还要斩妖除魔？您允了众生平等！"

迦叶尊者没了耐心，"或许你应该去问孙悟空。"

"是了，已经脱困的孙悟空。"比丘尼微微垂眸，"我会的。"

殿内气氛为之一松，迦叶尊者亦是点头道："待他走完取经路，求得无上佛法东传，你们大可慢慢叙旧。我沙门弟子，在修行路上理当互相扶持……"

比丘尼打断了他的长篇训诫，"我现在就去。"

迦叶尊者有些没反应过来，"去……哪里？"

"去看看伟大的佛法东传，去看看所谓的行者悟空。"

"善音……"

"叫我本名琵琶。"比丘尼再次打断他，"也可以叫我蝎、子、精！"

迦叶尊者声音里有了怒意，只在佛前，按捺着不去发作，"入我沙门，前缘尽断。享无尽福，得无上法。你难道非要苦海漂泊，甘为不系之舟？"

"生我者父母，养我者天地。你们承诺过和平，我才选择皈依。"蝎子精最后乜了高高在上的佛祖一眼，径自转身。

佛祖当然不会有解释，伟大如他，也不必向任何人、就任何事做出解释。

他只将大手一挥，"且去思过。"

那金光璀璨的巨手，翻转之间便是天地颠倒。

一个世界有多重？

在那无穷的威势前，却有一个声音越来越响，起在心头，如在耳边。

天下岂有……待辱之妖！

蝎子精蓦然转身，上半身依是人身，下半身却已现妖躯。在这光明无尽的佛门圣地，妖气如狼烟而起。

佛掌落下，只在瞬息。但在瞬息之间，诞生了一个黝黑的点。那黑暗如此深沉，几乎要将观者的目光吸进。

直到这黝黑的细点撞上那璀璨的佛掌，迦叶才恍然明白那是什么。

那是大妖琵琶的蝎尾针！

一直缄默的阿难尊者更是惊恐地发现，佛祖的眼皮跳动了一下。

拥有永劫不坏之金身的如来佛祖，竟也似吃不住这痛！

"痛吗？"琵琶忽然问道。

她直视着如来佛祖，那双空洞了数百年的眸子，终于被一种痛苦所充塞，"这一针，名为倒马，意在回头。我熬了五百年的苦楚，方修成这一针。你是高高在上的佛陀，你也感觉到痛吗？"

如来挥手止住愤怒的菩萨罗汉，用那双浮沉在无尽光海中的佛眸，注视着这只小小的、可怜的蝎子精。

他点了点头，"属实吃痛，神通难得。"

"你可知，"琵琶咬着牙道，"我回首往事的每时每刻，都是这样的痛苦！"

这下就连怒不可遏的迦叶尊者，也说不出话来。

因为谁都知道，大妖琵琶的夫君，正是五百年前纵横天穹的混天大圣鹏魔王。

谁都知道，他们是三界闻名的逍遥眷侣。

谁也都知道，鹏魔王已战死于五百年前的妖魔伐天之役里。

佛门需要大妖琵琶于灵山听法，需要挥动伐天第一戟的鹏魔王之妻皈依，来证明妖魔的臣服。

当佛祖承诺妖魔不再受辱，于是琵琶束手待擒，只身上了灵山。只因为那是混天大圣为之奋死的理想。

可如今，孙悟空低头西行，六耳猕猴血溅大雷音寺，她还有什么理由跪在这里？

"你去吧。"如来佛祖用悯怀三界的慈悲看着她，既有包容众生的温和，也有掌控一切的从容，"你可以去寻找答案。"

在琵琶离去前，如来佛祖难得地最后补充了一句："苦海无边，回头是岸。"

众罗汉菩萨低头拜服，"我佛慈悲！"

以她的天资,即便是坐拥中央娑婆世界的如来佛祖,也难免有些惜才吧?

琵琶走出大雄宝殿时,看到一个高洁而美丽的背影。她背对着大雄宝殿,盘膝于一方青石之上。发外雪纱微动,天然有圣洁的光。
"菩萨,你为何在此倒坐?"蝎子精问。
观世音菩萨叹了一口气,她的声音慈悲而温柔,"叹众生不肯回头。"
蝎子精沉默了一阵,明白她的未了之意,也懂得她的弦外之音。
自至灵山修行以来,多是观音菩萨与她讲经。虽无师徒之名,却有授业之实。天长日久,岂能无情?
但蝎子精仍然迈步,她从观音菩萨身侧走过,没有转头看她一眼。
"菩萨曾化身千万,但你没有做过我。你不知道回头有多痛。"
她是昨日的比丘尼善音,更是今日的大妖琵琶。
她脱下僧帽,裸露着令她耻辱的光头。她踏在这段艰难的石阶上,每走一步,发长一寸。走下这条石阶后,已青丝如瀑。
这里的山风太过温柔,卷起青丝如细语。
她曾经感受过最凛冽的罡风,也被拥入那样坚强的怀抱中。罡风如刀,却在那双遮天蔽日的羽翅下温顺柔缓。也像今日灵山的和风一样,温柔缭绕她的发丝。
"只要你也爱我,三界之中就没有距离。"
曾有个声音那样说。
那个男人傲立昆仑顶,目中没有天地。
那个男人朝苍梧而暮北海,双翅一振,便扶摇直上九万里。
如今她从灵山望向人间,依然也不觉得路途遥远。
只是……
在大雄宝殿里敢于以倒马毒桩回击如来佛祖的大妖琵琶,忽然间泪如雨下。

"我仍然很爱你，那么你在哪里？"

天地无言，灵山更不语。

原来三界最快的速度，也不能够跨越生死的距离。

第十一章 思凡

沙僧再一次见到仙使的时候,已经身在西梁女国。

这一国尽是女身,上至王侯将相,下到凡俗走卒,更无一个男儿。传宗接代则倚子母河水。

遍观诸方,也唯有这一个女儿国。放于四海,亦算稀奇。

唐玄奘转世西游,自要看遍人间风物,增广见闻以益修行。这时却被西梁女王迎进了宫中,孙悟空与猪八戒则持通关文牒去用印,白龙马自在马厩之中,独留沙僧看守行李。

这是难得的独处之机,因而当身边那位女官突然气息一变时,他并不惊讶。

"见过仙使。"他恭恭敬敬行礼。

仙使临凡,即便伪饰成寻常女官,但只稍显风姿,依然美艳不可方物。

只是此刻,脸色有些不好。

为了这个机会,她已等了太长时间。那只猴子太过恐怖,她只能万般小心。本是高高在上的仙人,却久久在人间风餐露宿。

她面沉如水,自袖中取出一枚玉牌,"这是上主密令,你自是知密印的。"

沙僧恭谨接了,那一对粗眉恭顺地压在铜铃大眼上,显得十分滑稽。

来使心生鄙夷,却也不显露,只挥了长袖,转身便要离去。

"仙子!"沙僧犹豫了一下,还是低声问道:"不知道玉娥她……现在可好?"

仙使皱了皱眉,有些不耐烦,又有些疑惑,"玉娥是谁?"

她心中暗笑,莫非还有哪个仙子看上眼前这粗坯,竟有了私情?

沙僧一怔,旋又释然,这样隐秘的事,定然不能尽人皆知。

忙道:"胡言乱语,仙子莫怪。"

"莫名其妙!"仙使拂袖而去。但不知为何,提到"玉娥"这个名字时,那张沉郁面容上跃出的希冀,却在她脑海中挥之不去。

见仙使走了,沙僧才握住玉牌,以密印解开封锁,接收玉牌上的讯息。

命令并不复杂,以他卷帘大将多年的经验,也自能领会上意。

正是因为了解恐惧,因而才会恐惧。无知者方能无惧。

沙僧一言不发。

他惯来寡言,也因此沉默。只是拳头握紧,掌中玉牌化为齑粉,簌簌而落。西梁王宫自是雕栏玉砌,金碧辉煌。

"御弟哥哥。"这声音婉转动人,说话的女人更是艳若桃李。

玉指轻撩发丝,柔声相问:"我可以这般唤你么?"

羊脂白玉般的俏脸上,晕染了两朵桃红。

外面那些臣民见了,定不敢相信这是她们高贵威严的西梁女王。

唐玄奘看着屏风上绣的花鸟,那针法十分唯美,嘴里敷衍着:"浮名如云烟,女王尽可随意。"

"那,御弟哥哥……"西梁女王伸手将他的脸别过来,羞怯却又勇敢地与他对视,"你看我美么?"

在那青灯古佛的无数岁月,曾有一朵小白花摇曳。转劫十世,怎还会重逢?

看着这张脸,唐玄奘不敢说自己见过。

他下意识地往后仰了仰，避开那温柔触感，老老实实说："自是国色天香。"

女王听了，连晶莹玉耳也染了飞红，她定定地看着这俊俏僧人，眸如秋水盈盈："为什么我第一次见你，就觉得似曾相识？莫不是……莫不是我们有夙世因缘？"

佛论因果，人以缘牵。

唐玄奘一手捻着念珠，几乎要把念珠都捻破，"众生皆存佛性，人心都住菩提。既然众生皆菩提，所谓似曾相识，自也不足为奇。"

西梁女王咬着唇儿，又伸出纤纤玉手，按在了这僧人手上，"可我心中没有菩提，只有你。"

可我是谁呢？谁又是你？

唐玄奘不动声色地抽回手，双掌合十，"贫僧此生，唯愿身证菩提。女王心中有贫僧，亦是心中怀菩提。足见女王慧根深种，必然福报绵延。"

女王略略前移，与玄奘靠得更近一些，呵气如兰："御弟哥哥，想来，你便是我的福报了。"

那唇齿间的芬芳，似在鼻中盘旋缭绕。

唐玄奘勉强扯动嘴角，尽力让声音更平缓，"女王自小长在女儿之国，不见男人。这天下奇男子千千万万，贫僧再寻常不过。如何担得起'福报'二字？"

"御弟哥哥，我，我说不过你。"西梁女王略略低头，轻声道："是，我是一辈子都没有见过男人，但是我知道，我不会见到每个男人都这般欢喜。"

唐玄奘一时无言。

纵然他辩才无双，纵然他满腹经纶。在此时此刻，此情此景，对着如此娇艳的痴情美人，也一时语塞。

讷讷不能言。

殿外忽然传来一声轻喝:"通关文牒已取回,咱们可走也!"

唐玄奘如蒙大赦,立刻起身。

西梁女王一把扯住他的袖子,哀声道:"御弟哥哥,这是何故?我愿以一国之富,权做嫁妆,与你结为夫妻。先前你不是已经答应了?如何又变卦?"

一双盈盈美眸,竟隐泛泪光。

看着这柔凄受伤的眸子,唐玄奘那一声权宜之计,却在嘴边打起了转。

他敢与佛祖说理,同妖魔论道,却不忍说这伤心之言。因为能被你伤心的,都是将心捧予你的。

"啊呀呀呀!"一阵乱叫响起,肥头大耳的猪八戒跳进殿来,嘴里没头没脑嗔道:"那女王还不放人?我们和尚家,与你这红粉骷髅做什么夫妻?还不快放我师父走?"

他进得殿来,细细一看,这千娇百媚梨花带雨,顿时气势一挫。那一声"走"字的尾音长长拖了一阵,迟疑道:"走……还是不走?"

玄奘微微闭眼,再睁开,轻轻拂开了那只扯着袖子的玉手。

轻声道:"走吧。"

他迈开步子,走出了大殿。

他隐约听到佳人低泣,哀婉神伤,他隐约听到了凉风穿殿,其声呜咽。

他没有回头。

西梁女国,西梁女国。

什么是本心呢?

白龙马扬蹄也缓,远远看去,好像踩着落霞,好像踏着斜阳。

玄奘静静地坐在马背上,眼望西方。

前面是提着金箍棒大步前行的猴子,后面是挑着行李不言不语的沙悟净。

猪八戒歪拉着大耳，倒扛着耙，忽然问道："你真的不会动心吗？"

唐玄奘沉默一阵，轻声道："你知道蝉么？"

他没有转头，以致大家不知道他是在回答问题，还是在自言自语。

"蝉每过一段时间，就要蜕去自己的壳，只有这样它才能够飞行。修行就是不断蜕壳的过程。蝉的梦想是天空，我想去的地方要更遥远。它不能够负重飞行，我也是一样。"

他说话的时候，始终面朝西方。

他平静的眼眸深处，藏着怎样的情绪，无人知晓。

只是风卷着沙，好像有个声音在低唱。

似有似无的低唱。

"悄悄问圣僧，女儿美不美？"

不知是风动，是沙动，还是心动。

传令仙使回转天宫，于青鸟上仙处复了命。

"彩云，"青鸟漫不经心般提了一句，"卷帘大将近况如何？"

彩云仙子怔了一怔，才想起来这卷帘大将是谁，"交接时沉默恭谨，别的小仙着实不知。"

"沉默，恭谨。"青鸟轻声重复了一遍，看不出表情地点点头，"你去吧。"

彩云仙子行礼退出，面上不显，心中却有波澜。

青鸟仙子虽然没有什么仙职在身，但所有神仙都知道，早在王母还居西昆仑之时，青鸟就常为王母送信，可以说是王母最信任的心腹。

她竟在任务之外关注被贬落凡间的一个粗坯。那沙僧，当真简单么？

身在仙宫，彩云仙子不得不遇事多琢磨。

卷帘大将，是为玉帝卷帘，兼有护卫之责，实乃要职。当年又怎会因为打碎区区一只琉璃盏而被贬人间?

以青鸟仙子的身份,她所交付的任务,必然贯彻了王母娘娘的意志。

那么,那西行路的沙悟净,到底扮演的是一个怎样的角色?

又是什么,让他甘愿舍弃要职,谪落人间饱受苦楚?

彩云仙子莫名又想起那张愚鲁却恭谨的脸,想起那蓄满期盼的眸光,以及眸光里,那让人舍不得揉碎的希望。

"不知道玉娥她……现在可好?"

玉娥是谁?

尽管深知天规森严,彩云仙子却克制不住自己的好奇心。去了人间一趟,有些潜移默化的改变已发生。

红尘多烦恼,红尘多美好。

她以天生的聪敏在有意无意的闲聊中拼凑出答案:上一任织霞仙女沙玉娥,因私动凡心被囚于仙狱。而她还有一个身份,就是卷帘大将沙悟净的亲妹妹。

又一出"思凡"!

仙界有日月不夜之山河,有永恒不灭之光景。宝盖重云,四时明媚。金樽满琼浆,玉瓶锁仙丹。奇花千年不谢,异果万载结成。腾云驾雾,万世逍遥。

仙境万般好,为何还总有思凡者?

彩云仙子想不明白。

只是那卷帘大将的往事了解得愈来愈多:

"当年他怒战天外之魔,一杆降妖宝杖打得日月无光。"

"卷帘大将,嘿!那时何等威风!当年御前直立,为帝卷帘。礼玉帝者先礼他!"

……

只是那一对恭顺压在铜铃大眼上的粗眉,在心中印象愈来愈深。

她终于明白,是什么压灭了他的骄傲。

那是比骄傲更重要的东西,比骄傲本身更值得骄傲。

第十二章 不能回头

"你这个叛徒!懦夫!"

被踩在脚下的狼妖愤怒咆哮,目眦欲裂。

猪八戒懒懒地打了个哈欠,一路走来,这样的情形已经见得太多。

昔日的齐天大圣,如今的西行使者。这身份的转变足以激怒所有的妖魔,那曾是他们信仰的旗帜,只能够折断,怎么可以屈服?

那些前仆后继的妖魔们,就像这个狼妖一样。曾经有多么崇拜他,如今就有多么厌弃他。

猪八戒觉得无趣,可更多的却是不便表露的心酸。他终于慢慢理解,西行对孙悟空意味着什么。终于明白这条路有多么艰难。

沙悟净所见却不同。他只看到五百年了,妖魔仍未屈服,五百年了,依然有妖魔坚守信仰。

他终于相信混天大圣那句震动三界的呐喊:天下岂有待辱之妖?

一路上那些杀来的妖魔们,他们决死冲锋,只是想要亲手杀死他们的偶像,或者被偶像杀死。他们宁愿死亡,也不愿见到信仰崩塌。

可即使是这样勇敢的他们一一战死了,在神佛的宣传中,这也只是一群觊觎长生不死的可笑妖魔罢了。他们因为想吃唐僧肉,而不畏惧孙悟空。

这当然可笑,但沙悟净只觉可怕。比毁灭他们肉体更可怕的,是杀死他们的精神。而这漫长的一路走来,沙悟净一直在见证。

"希望你们记住，"踩着狼妖的孙悟空面无表情，"我天生地养，仙妖佛魔，只在一念之间。我已经被压在五行山下五百年，我谁也不欠。"

"呸！"狼妖挣扎着吐出一口带血的唾沫，却甚至够不到孙悟空的靴边，"你这个软骨小妖，无胆猢狲！不过是被压了区区五百年……"

"那便压你五百年试试！"孙悟空好似突然被这句话激怒，一脚将这狼妖踹得翻转，抬手将不远处一座小山移来，重重压在狼妖身上！

"叫你知道，什么是风吹日晒的区区五百年！"

那狼妖在山底下难以动弹，却反而愈发激动起来，他全身的每一处肌肉都在挣扎，竟挣得小山隐隐摇晃，"这是移山大圣的神通，你怎配！你在侮辱他！"

啪！

孙悟空一巴掌将他的獠牙都扇飞，也将他的咒骂扇回嘴里，把手伸向一旁的唐玄奘，"佛帖呢？"

"什么佛帖？"唐玄奘故作茫然。

"如来老儿镇我的那张。"孙悟空不耐烦道。

"这事说来话长……"唐玄奘叹了口气，"前些天叫你化缘，结果你化来一碗馊饭。为师吃了很难过……"

"长话短说！"

"闹肚子，擦屁股。"

这下就连敖烈都瞪大了马眼，一时不知说什么好。

过了好一会，孙悟空摆摆手，"你们先走，免得溅一身血。"

待唐僧几人走得远了，他才一把揪住狼妖的脑袋，让他直视着自己。

"你记住这张脸。虽然你肯定记得我，但是不妨记得更清楚一些。如果恨我，想要杀了我，就让自己变强，拼尽一切努力变强，然后带着刀去灵山找我。口水，是淹不死敌人的。明白吗？你这蝼蚁一般的弱者！"

狼妖死死地盯着他，喉咙里发出嗬嗬的气声。

"怎么？"孙悟空最后轻蔑地拍了拍他的头，嗤笑道："妖魔们没了我，连灵山也不敢去了吗？"

他起先是轻蔑地笑，继而癫狂大笑，但又戛然而止。

他大步远去。

山底下这无名的狼妖攥紧了利爪，他死死盯着那个叛徒的背影一言不发。他的獠牙交错，他发誓终有一天他要踏上灵山。

和所有不肯跪下的妖魔一起。

看到孙悟空追上来，猪八戒摸着圆滚滚的肚皮笑了，"没想到你还有这般厉害的移山之术。"

"这算什么移山术？你只是没见过真正厉害的。"孙悟空赤眸微垂，"舞长岭似飘带，滚高山如泥丸，那才叫移山神通。"

猪八戒沉默一阵，才道："移山大圣的威名，我在天河也向有耳闻。"

"不说这些。"孙悟空抬眼看了看，"师父呢？"

"我们刚走到这里，就有一阵妖风把师父卷走了。"猪八戒转动着上宝沁金耙，表情很是无谓，"沙师弟已经追了过去。"

"这次是哪边安排的？"

"好像哪边都不是。"

孙悟空看着猪八戒，"那妖怪很强？"

猪八戒耸耸肩，"我只是觉得，你应该很熟。"

唐玄奘坐姿很端正，因为那张绝艳的脸已经凑得很近。

"你居然……"一只柔嫩的手轻轻抚过他的胸膛，停在心口处，"既不紧张，也不心动。"

"我已经习惯了。"唐玄奘有些无奈，"要我说，你们妖魔就是这点不好，太粗鲁，不爱思考。不如把我的三弟子放了，等我大徒弟过来，大家可以一起坐下来慢慢聊。"

"聪明的妖魔早已被杀死，愿意慢慢聊的妖魔都成了神仙。"女妖忽然笑了起来，用锋利的指尖在唐玄奘的心口点了点，"这都是你们仙佛的功劳啊！"

她的声音很轻缓，甚至可以说温柔。唐玄奘却感到遍体生凉。

"我有必要声明一下。"他立刻道，"我只是一个普通人。并且我的三个徒弟全是妖怪，严格来说，我应该跟妖魔是一伙。"

"现在你是得道高僧，走完西行路，佛陀果位唾手可得呢！"

"如阁下这样的人物，应该明白，身在三界，每个人都身不由己。"唐玄奘看着她的眼睛，"如果有选择，其实我更愿意留在女儿国。"

女妖用手指感受着他平静的心跳，"别人定以为你说的是借口，我却觉得你说的是实话。你爱她？"

"你相信什么，就能看到什么。"

"别跟我打机锋！"女妖挑了挑柳眉，忽而又凑近了些，"她很美吧？"

她转动着波光流转的眸子，"比我美？"

唐僧叹了口气，"施主，吃我的肉真的不能长生不老。"

"哦。"女妖漫不经心地接道，"那吃你的肉能不能死而复生？"

"施主。"唐僧又叹了一口气，"魂飞魄散，是不可能死而复生的。"

女妖的脸色瞬间变得冰冷，"你真以为我不敢杀你？"

"你真的没有必要杀我。"唐玄奘很认真地说，"杀了我，无非是换一个取经人，再走一遍西行路，又要多死一些妖魔。"

女妖凌厉的杀气一瞬间崩散了，怔怔地坐在他旁边。

她其实一直都明白，她什么都无法改变。

但她总觉得，有人是能够改变这一切的。

比如那个在昆仑顶傲立的身影，比如他身边那些同样英雄盖世的结义兄弟。

但为什么，一切还是没能避免地走向消亡呢？

"对不起，我不该那么说。"唐僧说。

"你说的是实话。出家人不打诳语，这很好。"女妖说，她抬起头，看着壁上垂挂着的一副楹联。

唐玄奘顺着她的目光看过去。"问菩萨为何倒坐，叹众生不肯回头。"

没有横批。

"你怎么看？"女妖问。

"懒得看。"唐玄奘说。

"若我定要你看呢？"

"我以为……虚伪又可笑。"唐玄奘说。

"芸芸众生，皆是我这样的肉体凡胎。你看看我。我等凡夫俗子，哪来法力无边？既不可逆生老病死，又不能够倒转光阴。拿什么回头？又能回到哪里？"

他双掌合十，"非不肯，是不能！"

女妖静静地听他说完，才转头看着门口道："那么你呢？你这样神通盖世，法力无边，你怎么看？"

孙悟空不知何时已经赶到，他站在门口，欲言又止，最后只是唤道："琵琶姐。"

"回答我的问题。"蝎子精冷冷地说。

孙悟空沉默一阵，"是不能。"

"他是凡夫俗子，你却法力无边。如何不能？"蝎子精的声音冰冷而轻蔑。

"当年你一往无前，举旗伐天。如今你一路西行，要成佛做祖……"她激动起来，"你如何，不是浪子回头！"

"浪子"二字，咬得极重。几乎有切齿之痛。

却也是深切的羞辱。

盖世妖魔曾经的勇敢无畏,只是仙佛口中的浪子行径啊。

孙悟空沉默良久,终于仍只是说,"是不能。"

我死去的兄弟能复生么?我感受过的痛苦能消弭吗?那些流过的鲜血,洒下的热泪,难道还可以按回身体里?

但这些话,他只能在心底舔舐。

他不能。

"是不能回头,所以你从五行山下爬起来对仙佛摇尾乞怜吗?是不能回头,所以你忘记了曾经的理想和誓言吗?是不能回头,所以你杀了狲猴王唯一的弟弟六耳吗?"蝎子精站起身,随手抖出一根三股钢叉,"你到底在做什么,美猴王?你要成为整个妖族的耻辱吗?"

孙悟空沉默着不说话,却目带悲伤。他亲手杀了六耳猕猴,是无法抹消的事实,也是不能愈合的痛。

不!不!

可他在心里大喊。

"施主,"唐玄奘抬了抬手,"你以为的或许并非是你以为……"

"啪!"蝎子精反手一巴掌,将唐玄奘连人带椅子扇飞,一直撞到洞壁之上。"没轮到你说话!"

"琵琶姐,"孙悟空出声了,"别动我师父。"

"哦?"蝎子精回头瞥了狼狈不堪的唐玄奘一眼,转向孙悟空的美眸愈发愤怒和不屑,"你竟真的认这么一个孱弱无能的废物做师父?区区一个佛位,值得你如此自轻自贱?"

"他不是废物,他亲手把我从五行山下救出来。他也不是无能,战斗并非生命的全部。"孙悟空很认真,"我承认他是我的师父,他教会我很多。"

"教会你怎样……"蝎子精的声音愈放愈大,玉手一甩,"卑躬屈膝吗?"

愤怒的质询与三股钢叉的尖啸同时发生，闪烁寒光的凶器向毫无防备之力的唐玄奘电射而去！

锵！

九齿的上宝沁金钯从天而降，于唐玄奘身前将三股钢叉生生砸转！

混合着簌簌而落的土石与震响，猪八戒竟是直接撞穿了整个洞府顶部，落于唐玄奘身前。

蝎子精单手接住飞回的三股钢叉，玉面含煞，妖气暴涨，"齐天大圣要与天蓬元帅联手除妖吗？来呀！"

"琵琶姐！"孙悟空向前一步，"你愿意相信我吗？"

"我曾经和我的丈夫一样，毫无保留地相信你。可现在他死了，只有我还活着。"蝎子精目光幽幽，"所以你说呢，小猴子？"

孙悟空心头一震，又复一痛。

昔年七个结义兄弟里，他年纪最小，也最受宠。大妖琵琶作为鹏魔王的妻子，对这个幼弟更是上心，有什么珍馐异果，都先尽着他享用。可已经多少年，没有人再这样唤他。

"除非……"

孙悟空抬眼看去，只听得蝎子精冷声说道："你亲手杀死唐玄奘！"

她手持三股钢叉，浑身妖气沸腾，"我在灵山得知，他才是佛法东传的首倡者！是真正想要广大佛法的人！你竟拜他为师！若不杀他，如何能告慰你三哥在天之灵！"

孙悟空痛苦道："我……不能。"

"你铁了心一定要成佛？"

"我必须走完西行路。"

蝎子精一提钢叉，"那便万事休提。"

三股钢叉势如蛟龙闹海，又带着极致的锋芒，御风破长空。

这些年在灵山，她从未松懈。她总觉得，那只猴子终会跳出五行山，那头老牛会再次走出芭蕉洞。而她将承继她丈夫的遗志，再与他们并肩。

只是她不曾想到，会以这样的方式再见。

然而她势愈凶，力愈重，没有半分留手，决意要分生死。

便以生死为两分吧！

轰！

一支金灿灿的铁棒，竖立于孙悟空身前。

"我不能死。"孙悟空单手撑住如意金箍棒，任由棒身与叉尖相抵，"我有我必须要做的事。"

蝎子精鼓荡妖力，旋身撞近，钢叉倒转，以尾刃如长枪劈落。

金箍棒一长即缩，灵巧机变，空中半旋，险之又险地将尾刃挑开。蝎子精却顺势推动三股钢叉，转身直刺唐玄奘！

这一刺凶狠快快，竟有几分当年鹏魔王纵横天穹的风姿。

猪八戒毫不迟疑，拖动上宝沁金耙，自上而下当头砸落！

"八戒不要插手！"孙悟空身化流光，急趋而近。

就在这时，蝎子精下半身瞬间化出妖躯，蓄势已久的蝎尾骤然扬起，以一点最深沉的黑，直刺孙悟空金身！

这是她苦熬五百年，用于对付如来佛祖的蝎尾针！

她的眸光忧伤而决绝。

小猴子，如果你已经成为妖族的耻辱，我绝不会让你耻辱地活下去。你应该和你三哥一样死去，和你们英勇的传说一起，永远活在妖魔们的心中！

在这样的距离下，这样的时机里，没人能避得过大妖琵琶的蝎尾针。孙悟空也不例外。

墨黑的蝎尾一点，正正抵住孙悟空的眉心。

蝎子精这一刻几乎落泪。在她看来，神通既出，生死将分。金刚不坏，铜皮铁骨，全都无用。因为这一记倒马毒桩，倚仗的是痛。是她所历最苦最痛的回忆，刺的是神魂。

但蝎尾针刺到孙悟空的眉心,却只发出一声清楚的脆响。孙悟空毫不动容。

琵琶心中先是一惊,继而竟觉欢喜。

因为这只说明一个可能——他们怀着同样的伤痛。

在五百年来点滴流逝的光阴里,他们于每时每刻的回忆中,承受着同样的煎熬。

只有这样,他才不会被蝎尾针的痛所伤。因为他已品尝过无数次。

倒马毒桩,意在回首。

原来孙悟空他从未改变!

灿烂笑意将将在那对美眸中漾开,耳边就忽然听到一声嘹亮而急促地响:喔喔!

雄鸡一唱。

就连孙悟空都没能反应过来,一道金光便已经将琵琶洞穿。

"受佛祖所请,遵玉帝法旨,特来助取经使者除妖!"

穿得金光灿烂的昴日星君踏云而落,含笑对着孙悟空、唐玄奘分别一礼,"大圣爷,圣僧,无恙否?"

是了,若非如来佛祖遮掩,区区昴日星君,怎能瞒得过孙悟空的耳目?

即便天生克制,他又怎能伤得到大妖琵琶?

孙悟空只是怔怔看着蝎子精,看着那双美眸骤然黯淡。

琵琶仍然微笑着,即便是死亡,也不能再使她感受到疼痛。生者的痛苦她已熬够,死,又算得了什么?

"小猴子……"

但她终于没有力气说下去。

她只是最后再看了孙悟空一眼。

抬了抬手,又无力垂下。

那一眼里包含的歉意、鼓励、期望与心酸。

就永远凝固在了火眼金睛里。

"圣僧。"昴日星君依然面带笑意地想要说些什么。

"你怎么敢?"他听到孙悟空这样说。

他有些惊异也有些提防地转过头去,正对着那双赤红的眼睛。

"你怎么敢这样做?"

昴日星君不易察觉的后退了一步,"本君司职星命,降妖除魔只是本分。"

"你也曾是妖魔啊!"孙悟空注视着他,像猛兽注视着一条可怜的爬虫,"你怎么敢?"

"雄鸡一唱天下白!"昴日星君梗着脖子道,"本君至正至阳,怎会与妖邪为伍!"

"不是你唱白了天下,只是你选在那个时候张嘴。"

"是佛祖令人相请……"

"总是狐假虎威。"

"我如今是天庭星君。"

孙悟空说一句进一步,昴日星君退一步回一句。

说到后面,孙悟空一脚踹散他的护体星光,将他踹倒在地,错着獠牙恨道:"那老孙便要看看,天庭有谁为你出头!"

取经队伍一路西行,一直有四方揭谛六丁六甲随行。名为护持唐僧,自也不乏监视之意。所以有很多话,孙悟空和唐玄奘都不能明说。

但在孙悟空暴怒的这一刻,没有一个神仙敢现身。

昴日星君感受着这异样的平静,勇气瞬间被抽空。他带着颤音:"大圣爷您是要成佛的啊!"

孙悟空伸手探过他的头顶,猛然一拔,鲜血伴随昴日星君的惨嚎声飞溅。

已将他的雄鸡冠生生扯落！

"我错了，我错了大圣爷爷！"昴日星君抱着头上鲜血淋漓的伤口，哭嚎着求恳，"天蓬元帅救救我！圣僧，圣僧慈悲！"

孙悟空又踩着他，一手抓住他的右臂，不为所动地将之扯下——漫天的血珠与飞羽。仙人的手臂化回妖魔的羽翅，昴日星君的惨嚎显得此刻的世界愈发安静，安静而有异样的残酷之美。

唐玄奘想要说些什么，却被猪八戒拦住。

"天庭当然人才济济，你现在死了，很快就会有新的昴日星君。而齐天大圣即使入了沙门，天上地下，也只有一个孙悟空。"猪八戒按着上宝沁金耙，在昴日星君的惨嚎声中嘀嘀的笑，"所以我也真的很想问你，你怎么敢？"

昴日星君已经痛得神志不清，所以猪八戒这番话也并非只是说给他听。孙悟空虽然决定要成佛，但不代表他就不再杀生。这样的消息传出去，想来会让西行路少许多麻烦和痛苦。

唐玄奘转过头去，不忍再看，终于还是开口道："给他个痛快吧，悟空。"

孙悟空最后高高举起金箍棒，当头砸落！

红的白的一齐爆开，来时灿烂威武的昴日星君顿成肉泥。

"不是任谁都有放下屠刀的资格。"

猪八戒对着肉泥说，"可惜你不懂。"

第十二章 战旗曾经飘扬

下雨的时候,牛魔王正在积雷山顶。

这么大的一场雨,玉面公主知道他肯定不会错过。

她知道他看雨的时候不喜欢被打扰,所以她没有出去陪他。

尽管她很想陪着他。

玉面公主从来都不喜欢雨,因为雨太吵,因为雨太潮,因为雨总会吸引牛魔王的注意力。

但她不知道如果积雷山不下雨的话,牛魔王还会不会来。

所以她也期待雨。

她将摩云洞府收拾得干干净净,又准备了一桌好菜,备了好酒。她是娇生惯养的玉面公主,继承了万岁狐王的豪富家财,自小十指不沾阳春水,但这些事她不愿让仆役做。

她生活在一种矛盾之中,等待另一种矛盾。

她倚在门边,看骤雨敲击大地,坠落山谷深壑,天与地之间仿佛传递着某种信息。

她不知道牛魔王为什么总要看雨,总去淋雨。

有些事情不能问,她只好等。

等他想说的时候,等他回来。

她习惯等待。

她愿意等待。

雨是什么呢？

牛魔王站在这样大的一场雨里。

惊雷在他头顶一声声炸响，闪电接连划过。

他在天与地的轰鸣间静静地想这样一个问题。

以他的神通，行云布雨自是不难。雨师雷公，也不过弹指可灭。

但被操纵着的雨和雷，都不是他要的景与声。

他看的、淋的，又岂止是雨？

雨珠敲打他的犄角，润湿他的皮毛，从他身上滚落。

把他淋得多么落魄。

他站在积雷山顶，放眼望去，天地之间一片茫茫。起伏的山峦间更无兽声禽鸣，雷声滚滚反而更显安静。他像天地间唯一一头孤零零的老牛，这些年也的确孤零零地隐居在此。

没有山呼大圣的妖兵妖将，没有漫山遍野的旌旗招展。

他只有他自己，以及那颗缄默的心，无处安放。

雨停了。

牛魔王驾风落进摩云洞，玉面公主娴熟地替他换上干爽衣袍。

"劳美人久候，愧煞我也！"牛魔王全不见在山顶时的缄默模样，牵住她柔若无骨的手，嬉笑自如。

玉面公主却不说话，只将蓁首轻偎在他结实的胸膛上。

牛魔王低头看她，她像一株幽兰绽放，却比花更艳，比兰更香。索性一把抱起这酥柔的娇躯，径入了席，边用酒菜边说些体己话。

这边正欢笑间，洞外忽传来小妖奏报，"翠云山来人！"

玉面公主正捧着酒杯往牛魔王嘴里送，闻声手中一顿。

牛魔王笑着接过酒杯，一饮而尽，嘴里只道，"不见不见！"

玉面公主欢喜得心中装不下，唇上藏不住，忍不住送上香吻，眸里含情脉脉。

那小妖又回道:"那妖说事态甚急,乃是关于火云洞圣婴小爷!"

"你去见见罢。"玉面公主轻轻推了推他。

"便让他进来。"牛魔王久经风流阵仗,自不会在此失分,吩咐道,"就在我们面前说。"

洞门打开,一个慌慌张张的小妖撞了进来,一见牛魔王便号啕大哭道:"圣婴小爷被观音捉去了!做了什么善财童子!"

见牛魔王不吭声,玉面公主站到前处,轻喝道:"把话说清楚。"

"小的乃是火云洞圣婴大王麾下,因往翠云山报信,铁扇奶奶着我来此报禀牛王。"那小妖止住哭声,解释道:"前日那孙悟空打上门来,奈何不得小爷。谁知……谁知那浑种叛徒,竟又请了观音同来,以金箍儿束了圣婴小爷,要他一步一拜,直拜到落伽山去!"

说到此处,他止不住悲从中来,又泪流不止。

那牛圣婴天纵之姿,掌得三昧真火,用得枪法通神,自然秉性高傲。怎么受得了这种折辱?这比杀了他还要难堪得多。

洞外小妖闻得少主遭难,也忍不住大哭起来。

玉面公主亦心中悱恻,眸泛泪光,"这可如何是好?"

她与牛圣婴自没有什么感情,但却不忍情郎难过。

这边洞里洞外哭成一片,独独牛魔王脸上竟不见多少伤悲,反而异常平静。他甚至只盯着酒席,没有看那小妖一眼。

这是一种可怕的平静。

他提起酒壶,为自己缓缓倒上一杯,细细饮尽,才缓缓道:"知道了。"

他挥了挥手,示意报信小妖退下。

那报信小妖抹泪急道:"牛王爷爷,你可得替圣婴小爷做主啊!"

牛魔王骤然转头,暴戾的妖气仿佛要将整个摩云洞都冲撞个粉碎,"我牛魔王做事,需要你教?"

报信小妖顿时腿软,战战兢兢退下了。

直到洞府大门合拢，玉面公主才又坐回牛魔王身边，温声如软玉，"奴听闻那孙悟空是牛王义弟，怎的这次，却与圣婴……"

牛魔王摇摇头，"天争一日，命争一线。人各有志，有什么可说的？"

玉面公主抿了抿唇，依近抓住牛魔王的大手，"牛王可想好怎么做？奴百万家财，尽可充作军资。"

她不通兵事，不懂杀伐，却也明白仙佛之强大。她知道从观音菩萨手里救牛圣婴是一件多么艰难的事情，但她更知道"平天大圣"是一个多么伟大的名号。

她看着他，看着她心中顶天立地的英雄。她愿意为他付出一切。

牛魔王却只是又倒了一杯酒，"在佛前做一个安稳小童，也好。"

声音里说不出的苍凉与怅寥。

千百年豪情壮志尽付一杯饮。

很早以前牛魔王就明白一个道理，有些事情是避不开的。但他总想试试看，就像当年他深知仙佛多么强大，却还想试试自由一样。

三界容不下一个平天大圣，哪怕是隐居的平天大圣。

所以即便他闭门不出，终日嬉游，还是等来了叫阵。

当摩云洞外的嚣叫响起，玉面公主发现牛魔王瞬间变了。

脸上挂着的笑消融，手里举着的杯放下。

往日流连花丛的轻浮恣意全然不见，变得深沉厚重。

叫阵者，齐天大圣孙悟空。

突如其来的慌乱占据心房，玉面公主一把拥住他，"牛王！"

牛魔王没有像往常一样哄她，而是拉开她的手，轻柔却坚决，"在家待着。"

看着大步走出洞府的那个背影，玉面公主才发现自己从未真正了解过他。

那一年山道初逢,"火焰山从来没有下过雨,而我从来没有见过你。"

那一回骤雨倾盆,铁一般的汉子,却在雨中号啕痛哭。

那一次花前月下,他拥她入怀,说不尽的温柔蜜语。

哪一个才是真正的他?

是无数妖魔口口相传的强者,还是雄心尽消、恣意花丛的风流客?

彼时沙悟净正在摩云洞外不耐烦,"大师兄英雄盖世,为何不直接打进洞府去?"

猪八戒看着猴子的表情,笑嘻嘻按住了沙僧,"急什么?"

孙悟空并不说话。

他向来不是很有耐心,但这摩云洞的主人,值得他一等再等。

等到洞府大门推开,那雄壮的身影走出,顶盔掼甲。手上凶兵混铁棍煞气冲天,身侧避水金睛兽低吼震岳。

应阵者,平天大圣牛魔王。

沙悟净心中暗凛。明明他们在云端,那牛魔王是自下往上来,他却感觉是一座山从上而下压至。

但牛魔王没有看他,没有移开哪怕一瞬的目光。无论是卷帘大将还是天蓬元帅,他眼中只看见那只猴子。那只看起来风尘仆仆、疲惫不堪的猴子。

"五百年了。"他说。他的声音平静。

"五百年了。"孙悟空说。他的声音压抑。

那些复杂难言的情绪,那些波澜壮阔的历史,那些等待,那些往事,那些浩荡,唯有时间可以度量。

这一句便够了。牛魔王没有叙旧,径直问道,"为什么是你?"

不等孙悟空回话,他恍然摇头,"是我蠢了,自然只能是你。"

"真是好算计啊。"他又冷笑起来,"佛教东传,直面道门压力的却是你们。"

牛魔王或许已不需要答案,但孙悟空仍是固执地回答道:"我想借翠云山的嫂嫂的芭蕉扇一用,以保我那肉体凡胎的师父过火焰山,继续取经之途。"

牛魔王嗤之以鼻,"你们为什么不绕路?"

这话问得可笑,佛祖定下的取经途,岂有绕路之理?

但问这话的人是大力牛魔王,却又不那么好笑。

沙悟净却冷哼一声,"大力王,不是所有的路都能绕过去的!"

"你闭嘴。"孙悟空不回头,冷冷地说。

沙悟净从未听到他如此冰冷的声音,不由得心脏一紧。仿佛那双赤金色的眸子早已看穿他心底的隐秘,尽管那只猴子甚至没有看他一眼。

"他说的对。"牛魔王说,"有时候只有一条路走,失败者没有选择。"

他转了转肩,浑身筋肉如绞索绷紧,"来打过!你若敌得过我,芭蕉扇送你。若敌不过,命赔我!"

"圣婴在观音菩萨那里,绝不会有杀身之祸。"孙悟空说,"只要你活着。"

只要平天大圣牛魔王活着,谁敢杀他的儿子?

"杞人忧天!"牛魔王一振混铁棍,"你当年既然没有死在斩妖台,我又怎会死在今天?"

孙悟空笑了,拖棒而上,"不知五百年过去了,兄长武艺是否生疏?"

牛魔王随手相迎,"倒怕你在五行山下锈了骨头!"

混铁棍与金箍棒交击,似雷霆震响。双方愈斗愈远,那积雷山百年不移的雷云,也不比此处激烈。但见飞沙走石,金光乱闪。棍似蛟龙,棒惊鬼神。

一场好戏。

七弟对大哥。

齐天大圣对平天大圣。

曾经最紧密的战友，如今兵戎相见。

有谁在笑吗？那些鄙夷的、操纵的。

有谁在哭吗？那些崇拜的、追随的。

战旗曾经飘扬！

牛魔王大步踏出，一脚如山岳砸落。孙悟空将手一放，金箍棒迎风而长，如承天之柱将那山撑起。

云翳横天，杀机隐隐。

牛魔王踏着金箍棒头，就势一脚蹬上高天，混铁棍横扫决浮云！

一杆火尖枪自云间递出，与混铁棍铿然相撞。浮云荡尽，现出哪吒并一干天将。

"来来来！"牛魔王纵声大吼，"藏着的还有谁，出来与我共决死！"

只见金光乱转，埋伏各处的神灵尽皆现身。有四大金刚、六丁六甲，有护教伽蓝、巨灵神将，并一众土地、阴兵。天上地下，四面八方，将牛魔王团团围住，水泄不通。

这是五百年来神仙们声势最为浩大的一次围剿，也只有平天大圣这等盖世妖魔，才配得上这样的阵仗。

孙悟空提着金箍棒沉默于原地，他的任务已经完成。或者说，他接下来的任务就是一动不动地站在这里，眼睁睁看着一切的发生。

这是佛的法旨，亦是玉帝的意志。

这就是结局。

第十四章
火焰山没有下过雨

那边斗得天昏地暗，沙悟净径自取了降妖宝杖，直往摩云洞去。

猪八戒追着问道："你要做什么？"

沙悟净头也不回，"大师兄降魔王，我除小妖。"

外面好生喧嚣，摩云洞有多久不曾如此热闹？

自牛魔王闭门谢客后，广阔的交游便几乎尽断了，只有碧波潭老龙等少数几个妖王还在走动。

万妖齐聚的光景不再，只有一个纵情声色的牛王。

听着远处传来的兵戈与咆哮，玉面公主寻出一柄宝剑来。虽然很危险，但她始终觉得，牛魔王是属于这种喧嚣的。

"去帮牛王！"玉面公主厉声驱使手下的小妖。

但小妖们一哄而散。

时至如此，谁看不到大势已去？谁甘心身死道消？

唯有一个万岁狐王时期就侍奉她的老狐妖没逃，在一旁劝道："此地危矣！公主且去别处避避。"

"牛王让我在家待着，我哪儿也不去。"玉面公主攥着宝剑，"我等他回来。"

"他回不来了！"沙悟净一杖捣破大门，在大门纷飞的碎片之中冲了进来。

玉面公主只看到一头散乱的红发，那鲜艳的、血腥的、可怕的红，而后便永远陷入了黑暗之中。

降妖宝杖狠狠贯入地面，洞府摇颤，红的白的飞溅而起，一杖两命。

这一切发生得如此仓促，仓促得玉面公主都来不及发出一声惨叫，更来不及告别。

生命这般仓促。

沙悟净曾以为，自己宝杖之下不会杀无名之辈。

无论是年衰的老狐妖还是不通武艺的玉面公主，都不该是降妖宝杖下的亡魂。

但世上最可笑的，便莫过于自以为。

他将宝杖拔起，回头正看到匆匆赶来的猪八戒。

"原来是两只狐狸。"沙悟净说。

背光看不清猪八戒的表情，只听得他的声音低沉："这是逼猴子和牛魔王结成死仇啊！"

"若非如此，"沙悟净指了指天，"他们怎能放心？"

"猴子一定会杀了你。"猪八戒说。

"那就请你照顾好我妹妹。"沙悟净说。

声音平静得没有半点波澜，那是早就准备好接受一切的平静。

"我的任务完成了。玉娥，你会好好的吧？"他心里默想着，抬头看着洞府外的天空，仿佛看到了妹妹的笑容。

但方圆百里的天空，都被战斗的光焰铺满。

除了正烈的厮杀，他什么也看不到。

牛魔王斗战正烈，一条混铁棍有如蛟龙飞舞，在众神围攻下仍不减凶威。

那边猪八戒与沙僧驾云过来，迎着孙悟空疑惑的眼神，沙僧正要开口，猪八戒抢道："大师兄！我一钯打死了老牛的娘子，原是一只狐狸！"

沙僧站在一旁，欲言又止。

佛兵天将环伺，土地阴神围近。佛光隐隐，仙音阵阵。

孙悟空沉默一阵，才龇了龇牙，"你真是立功了。"

那边巨灵神将见沙僧过来，便知计划已成，暴喝一声："牛魔！玉面狐狸已死，你还不醒悟么！"

玉面，玉面。

牛魔王混铁棍忽然一滞，哪吒的火尖枪趁隙扎穿他的左肩。

鲜血淋漓他却浑然不觉，他的心被一种突来的疼痛占据。四大金刚他不怕，天庭斗将他不惊。但这种来自心脏的痛苦令他惶然。

怎么了？怎么了？

他侧身避过胜至金刚的袭击，合肩一撞，将泼法金刚整个法相顶开，反手抽棍，将迫近的哪吒砸退！

战斗已是本能，可心中的慌乱却无法稍减。

他无边的法力，盖世的神通，都不能够阻止胡思乱想。

为什么会痛！

明明早已做好了准备不是么？

明明当初来积雷山时就已经预见了今天不是么？

明明一直告诉自己别动情不是么？

明明为了保护铁扇才离开翠云山……可……

可！

玉面啊！

"牛王，你来尝尝这道菜，奴新学的哩。"

"牛王，别走……"

"牛王可想好怎么做？奴百万家财，尽可充作军资。"

…………

她愿意为他付出一切啊,哪怕只是成为飘扬旗帜上微不足道的一点血迹!

只是那道旗帜,还会飘扬么?

"啊!"牛魔王双眸赤红。

我明明百般示弱,我明明万般退让,我明明已经准备好战败,我明明都已经把战场转到了这里!

为什么,你们还不肯放过玉面?

他将头一扬,化作一着呢千余丈长的大白牛,头如泰山,眼如岩浆,那一对牛角似铁塔抵天般一顶!

云散了,风断了,仙音止佛唱停。

这一角,直欲挑破天穹!

四大金刚结印,五方揭谛布阵,哪吒摇身显出三头六臂法相,李天王托起玲珑宝塔。甚至那云穹高处,隐隐有"卍"字符流转。

孙悟空顾不得其他,一步跨出,亦化千丈巨猿,探手抓住那对牛角,却被巨力撞得连退十余步。

直到哪吒抖出捆妖索将牛鼻系着了,李天王又以照妖镜凌空照定。孙悟空才得以将这头巨大的白牛死死抵住。

"冷静点!"他盯着那双泛赤的眸子暴喝,"投降吧!"

牛魔王一言不发,只从鼻孔中喷出两道白气,白气出则贯长虹,将两条线上闪避不及的阴神清空。

哪吒持了斩妖剑正要上前。

一道凄惶的声音响起,"我愿奉上芭蕉扇!但求菩萨饶我夫君一命!"

孙悟空转头看去,只看到罗刹女跪倒在金刚众圣面前,磕头不止。她磕得极为用力,青丝散乱,额见鲜血。哪里有半分当年所见雍容高贵的铁扇公主模样?

她必是得了消息便即刻赶来。从翠云山到积雷山,途中多少煎熬?

自古而今，若逢大难。飞鸟散，走兽奔。唯有骨肉相亲，夫妻一体，不肯分离。

牛魔王铁尾垂下，终于不再抵抗，"我……降了！"

他的声音略带沙哑，"还请饶我夫妻性命。"

"我佛慈悲。"不等在场仙佛说话，孙悟空先收了神通，"兄长既归顺，断不会再害了性命。"

众仙佛便都点头。

此行俱是以护圣僧西行之名，故云头飘转，一行转至火焰山前。

唐僧正不知在白龙马耳边念叨些什么，直念得白龙马不耐烦地不停甩尾。见一众仙佛过来，他才转身见礼，"好久不见。"

不卑不亢，也不冷不热。

孙悟空自罗刹女手中接过芭蕉扇，对着火焰山连扇四十九下，顿时狂风阵阵，数百年不熄的火焰山终于平静下来。

须臾，又大雨倾盆。

金刚各归宝山，神祇四散，天王父子牵着白牛回缴佛地，罗刹女从此隐姓修行。

火焰山火熄神空，自当年孙悟空踢翻老君炉，至此已五百年。

日后或来人家，或有妖据，或起碧树，或缀青草，但那些都是很久以后的事情了，没有谁在意。

只有那大白牛深深回首。

"原来火焰山，也会下雨。"

但我已不能……再见你。

第十五章 生杀如转

"师父,你见得血么?"孙悟空忽然问。

彼时仙佛散尽,土地归位,师徒一行将将走过火焰山。

孙悟空停下脚步,声音很认真。

"我既然能见生,便能见死。"唐僧在马背上说道,"譬如羊吃草,狼吃肉,生杀如转,皆天道循环。有什么见不得的?"

唐僧似乎恨不得抓住一个话题讲到天长地久,"口口声声见不得的,往往都见不得人。"

他又道,"我坦然见众生,众生坦然迎我。见色掩目,见血转身者,都是伪佛假道。"

"这样说就可以解释你为什么盯着蜘蛛精的胸脯看,还流鼻血吗?"猪八戒试图缓和气氛。

"为师不看,她就要吃了我。"唐僧解释道,"逼不得已!懂吗?"

"你逼不得已,我逼不得已,他也逼不得已。"猪八戒愤愤然,"要不是逼不得已,谁愿意取这破经?"

孙悟空懒得理他们,拍了拍白龙马,让它驮着唐僧跑远一点。但白龙马转个小圈,又跑回来了。

"大师兄,赶路要紧。"白龙马说。

孙悟空也不理会。

既然都不肯避开,也就罢了。

他提着铁棒,转身看向挑着行李沉默不语的沙僧,"你不怕死。"
不是疑问,也非感叹。他只是在陈述一个事实。

若非不怕死,怎么敢做这样的事?

沙僧点点头,"是,玉面公主是我杀的。"

他老老实实、认认真真,并无半点逃避。

"天蓬,你怎么看?"孙悟空问。

他已经很久没有喊过"天蓬"这个名字。

猪八戒走过来,"大师兄,我不是故意想骗你。悟净是有苦衷的,我只是希望你能给他一个机会。"

背叛固然不可饶恕,但这一行谁不是身戴枷锁,谁不是身不由己?

"至少听他说说原因。"

孙悟空提棒往前走,看样子并不想听。

沙悟净沉默地闭上了眼睛,看样子也并不打算说。

他闭着眼睛等待金箍棒落下,好像从来就不懂得反抗。

他总是等待。等待仙罚,等待任务,等待死去。

"悟空!"唐僧说,"我们上路的时候是四个人一匹马,到西天的时候最好也是四个人一匹马。这样吉利。"

"到西天的时候我就变回龙了。"白龙马说道。

猪八戒喊道:"大师兄!"

金箍棒停住了,停在沙僧头顶。

他们西行的原因虽然各不相同,但一路走来,也同过生死、共过患难,经历颇多。

正如唐玄奘所说,天然有情众生。他们朝夕相处,又怎会无情?

棍风迎头,将红发压得牢牢贴紧。沙悟净双眸紧闭,又在想着什么呢?

"我不会替他出手。"孙悟空说,"牛魔王的恨,等他自己来报。"

"牛魔王不会杀悟净。只有弱者才会迁怒,才会泄愤。"猪八戒很冷静,"他是真正的强者,他知道真正害死玉面公主的是他自己。"

孙悟空深深地看了猪八戒一眼,这猪头果然什么都懂。

"谁说猪不聪明?"唐僧打岔道。

"真正的傻子,就是总把别人当傻子的人。"猪八戒回击。

"睁开你的眼睛,别一副死狗样!"孙悟空移开金箍棒,对沙僧道。"辱没了我的兵器。"

"我可没这么难看!"一个声音反驳说。

孙悟空看着从阴影里走出来的哮天犬,不怀好意道:"我说的是死狗,你还差点儿。"

狗与死狗间,差的自然是一个"死"字。

五百年前这死狗咬了他一口,这仇他可没忘。

哮天犬警觉地往后退了退,"真君相请。"

"他不在灌江口做缩头乌龟,跑出来找死啊?"

哮天犬目露凶光,但终于只是一言不发地转身带路。杨戬不在身边,它要是真的被炖了,也没处申冤。

孙悟空随手收了金箍棒,信步跟在身后。纵然他此刻戾气满心,但也不至于跟一条认怂的狗单挑。

不多时,一人一犬便至一处营地。虽是临时驻扎,但军容严整。草头神结阵以待,一片肃杀之气。

帐前空地,杨戬于中位负手而立,梅山六圣挎弓箭提利刃两边站开,都打量着孙悟空。

"埋伏我吗?"孙悟空冷笑着问。

杨戬却没有回应挑衅的意思,只漠然道:"奉玉帝除妖令旨,前来助你讨伐碧波潭。"

"助我?"孙悟空龇着牙道,"玉帝老儿三界至尊,大可恣意使唤走狗,想伐谁就伐谁,哪用得着找由头?又与我何干?"

"大圣爷,"六圣中的郭伸出声道,"还没恭喜你去脱大难,受戒沙门。想必莲台高坐之日，已经不远。"

"你也想？"孙悟空似没听出讥讽，"一起啊！"

杨戬面无表情，"讨伐碧波潭是如来与玉帝共同敲定的，你们取经路上，必须历这一劫。不过你们得先去祭赛国，取个由头，以便师出有名。"

"你倒是听话。"孙悟空冷笑几声，转身走了。

一直到孙悟空的身影消失，杨戬才说道："你在五行山下压了五百年，应该明白，自由的代价最沉重。"

孙悟空跟着哮天犬走了后，沙悟净仍自怔了许久。

"你可以回去复命了，"唐僧喊道，"卷帘大将军。"

礼貌且生疏。

沙悟净回过神来，"啊？哦。"

我曾是卷帘大将，但我竟险些忘了。

他收起降妖宝杖，两手空空地离开。

隐约听得身后猪八戒和唐僧的争吵。

"我可不挑担子！"

"你跟猴子说去。"

"让马驮着！"

"马得驮我。"

"……"

声音渐至不可闻，沙悟净却忽觉茫然。

承受仙罚，骗取孙悟空信任，加入取经队伍。一路传递各种信息回天庭，更是抱着必死的决心去逼迫牛魔王和孙悟空反目。

他已经圆满完成任务，应该功成身退了。接下来便是接出玉娥，回归天庭，做回卷帘大将军，如此按部就班。

可为什么心里空空落落，总好像忘了什么考量？

"你在想什么?"一个声音在身后问。

沙悟净回过头,看到一张熟脸,天庭多闻天王。

"我该……回天庭了。"沙悟净说。

"你还不能回去。"多闻天王的声音很平静。

沙悟净激动起来,"为什么?"

"你还有任务。"多闻天王取出一道玉牌,证明他是这一次的传令仙使。

"我任务已经完成了!"

"但是你演得不够好。"多闻天王摇了摇头,"我教你怎么说?"

他扭曲面容怪叫:"大师兄,我已奉命杀了那老牛的小娘子!"

多闻天王注视着沙悟净:"你为什么不这样大声说给牛魔王听?"

沙悟净嘴唇颤抖着不说话,但眼神里的愤怒已经快要沸腾。

多闻天王缓和了语气,耐心说道:"只要再完成一件任务,你就能跟你妹妹团聚了。"

妹妹。

这词汇像一个咒语,可以压制所有的情绪。

沙悟净咬了咬牙,尽量平静道:"我背叛过。他们不会再相信我了。"

多闻天王拂了拂混元珠伞,欣赏着他无可奈何的样子,"正因为你已经背叛过一次,所以他们绝对想不到你还能无耻到再背叛一次。"

这话堪如木板扇脸、钢刀刺心。

把卷帘大将的尊严揉成一团,狠狠在地上踩。

沙悟净沉默了一阵,问道:"上次的传旨仙使呢?"

如果不思考,就习惯笨拙;如果不反抗,就习惯懦弱。

沉默了太久,笨拙了太久,懦弱了太久。

说来很可笑。可若是不沉默、不笨拙,当初在八百里流沙河,又怎么承受得下来日复一日的折磨?

疑惑生出问题，思考引来折磨。

多闻天王淡淡解释，"她另有任务。"

"这一路来遇的妖，多是三清门徒。佛教东传，想来道祖并不乐见。"沙悟净又问，"帝君想做什么？"

"我不关心。也不是你该关心的。"多闻天王的声音冷了下来。

沙悟净看着他，"我要见玉娥。"

多闻天王脸上看不出表情，声音却又和缓许多，"事关机密，现在还不能见。卷帘大将军应该能理解。"

"我如果不理解呢？"

多闻天王这次没有回答。

沉默又延续了一阵。

"这是最后一次？"

"当然。"

"如果孙悟空要杀我？"

"你放心，天庭一定会保你。"

沙悟净接下玉牌，看着信誓旦旦的多闻天王走远。

这么嚣张、这么肆无忌惮的多闻天王，却不敢在孙悟空有可能的感知范围内腾云登天，而是像老鼠一样绕到极远的地方。

神仙多么高贵，他却是一个被神仙欺负的神仙。

妖魔多么低贱，那却是一个被神仙惧怕的妖魔。

与世无争，唯唯诺诺，却被一步一步逼到角落。即使被一脚踩在尘埃里。又能换得回什么？

问题一直就在那里，如果不思考、不抬头，就只能视而不见。

他本无后路，天庭也没有给他预备后路。

死亡或许会让他心安，因为玉娥或许能因此无恙。

但那一记金箍棒没有落下。

他还活着，活着却没有见到玉娥。

活着，就会有疑问。

他从未想过金口玉言是否可信、天庭是否有错，从未想过思凡是否有罪、打碎琉璃盏算不算大错。

因为他从未抬头，所以他从未想过。

他默认仙界的一切规则，承认高高在上的所有权威。他曾是那衡量三界的规则中的某个部分，维护规则也被规则所控制。而今他是那规则下的弃儿，用痛苦来咀嚼规则。

痛苦总会令印象更深刻。

土地神从地里钻出来，一手拄杖一手负后，"唐僧他们快出发了，你还不跟上？"

这些土地阴神，面对唐僧恭恭敬敬，面对猪八戒诚惶诚恐，面对孙悟空恨不得五体投地。唯独对着他沙悟净，一个个倨傲自矜。

因为他比他们更恭谨。

火焰山之火熄灭，牛魔王降伏，罗刹女隐居。这土地神已经开始幻想自己往后的美好日子，因而对多闻天王随口交付的督促任务更是用心。

他捏了捏胡子，有些不满，"你……"

但这声再难继续，因为一双大手掐着他的脖子将他高高举起，强横的法力禁锢他的神术，土地神杖跌落地面。他就像一个最寻常不过的老人，在那双大手下无力挣扎，

沙悟净掐着这个小老头，将他举在头顶，正挡着太阳。光线渲染着这土地神，一圈一圈的光晕，竟有几分菩萨风采。

"当我思考的时候，你别打扰我。"

当我臣服天庭权威时，你们可以作威作福。

当我怀疑天庭权威时，你们是什么？

第十六章 等你一千年

地狱是亡者之所，镇厉鬼，锁恶魂，赏善罚恶，分发六道。

若有盖代妖魔、犯律真仙擒而难诛者，以名山大川镇之，凭山河之力经千万年磨灭。罪不至死者，皆囚于仙狱。

彩云仙子兜兜转转，终于靠近了仙狱。

冲动不知从何而来，也不明白勇气如何诞生。许是在人间待了一阵，染了凡气。让她堕落，让她复杂，让她软弱。

但这冲动无法抑制，她也说不清是为什么。

彩云仙子尽力平静那颗忐忑不安的心，娉娉走到守卫仙狱大门的狱卒前。

"仙狱重地，来者止步！"两位狱卒持戈以对。

"我乃瑶池女仙，司职织云绣彩，奉命求见皋陶大人。"彩云仙子款款一礼，早已备好说辞。

皋陶为人族先圣，辅佐虞舜、夏禹大治天下，治狱定刑，死后于仙界不朽，获封狱神。仙狱中一应事务，皆皋陶决之于心。

"仙子稍待。"左侧狱卒径往仙狱汇报。

不多时，狱卒转出，"仙子这边请。"

彩云仙子见到皋陶，躬身行礼，"大人治狱有功，小仙奉王母之命，特赐琼浆一壶。"

她自身侧花篮中取出宝光流转的玉壶，柔柔递上。

皋陶起身回礼,"下臣拜谢。"

这琼浆自是货真价实的瑶池出品,揭开玉盖,满室生香。

"大人明于五刑,以弼五教,德高望重,众所敬仰。"彩云仙子赞叹不已,又道,"实不相瞒,小仙此来,另有一桩小事……"

隔壁忽的响起威严怒吼,其声摄魂。

彩云仙子吓得脸色一白,侍立一旁的狱卒解释道:"仙子勿慌,这是神兽獬豸在断案呢!"

獬豸能辨是非曲直,识善恶忠奸,发现贪官污吏,便以独角触倒而食之,乃是代表公正严明的神兽。

"你去收拾收拾。"皋陶吩咐狱卒去了隔壁,又请彩云仙子落座,才继续道,"仙子但说无妨。"

彩云仙子平复情绪,温声道:"沙玉娥一案,娘娘有些记不太清案情,着我来看看。"

"既是娘娘想看卷宗,自然无妨。"皋陶一手下意识合拢案上卷宗,一只手伸出,"玉令呢?"

"噢。"彩云仙子笑道,"这是娘娘口谕,未有玉令呢。"

皋陶摇摇头,"仙狱认令不认人,无令不成行。还请仙子见谅。"

"是小仙疏忽了。"皋陶是出了名的铁面无私,彩云仙子也不恼,只是轻笑,"微尘小事,娘娘也不甚在意。待我再有空了,回宫取玉令来询。"

"如此甚好。"皋陶道。

"大人不品一品琼浆么?"彩云仙子又笑道,"出宫前娘娘特意嘱咐了,若琼浆有不尽之美,要狠狠责罚小仙呢!"

皋陶告罪:"公务在身,不便饮酒。留待休沐。"

彩云仙子只是不肯,"这可是娘娘恩赐呢!便请用一杯。"

皋陶想了想,也便不再扭捏,倒了半杯,细品一口。只觉一道暖流入喉,流向四肢百骸,舒坦温润至极。

忽而一阵强烈的睡意袭来，他不及反应，便倒在公案之上。

彩云仙子按住骤跳的心，上前将皋陶压着的卷宗抽出来。前去安抚獬豸的狱卒不知何时便会回返，她的时间并不多。所幸之前皋陶的表现，说明他翻阅的卷宗正与沙玉娥有关，彩云仙子不必再另外翻找。

将卷宗翻到皋陶之前翻开的地方，彩云仙子一目十行，匆匆扫过记录，忽地目光顿住。

"沙玉娥触犯天条，已诛。"

最后两个字，以朱笔批红，如鲜血淋淋。

怎会！

怎会？

那沙悟净还在西行路上跋涉，还在为他妹妹挣扎，怎会？

她不敢相信，一连翻了好几页，却再没有看到有关沙玉娥的记录。

一个声音在身后响起，"你在看什么？"

彩云仙子大惊回头，却只来得及看到一根银灿灿的独角，整个世界在灿银之后又陷入黑暗中。

你是否曾感受过孤独？

环顾玉宇琼楼，满座觥筹交错。

听欢声笑语，看歌舞升平。

但你格格不入。

你何曾拥有过这个世界？

长夜一盏灯，穹顶一颗星。

直到……

"哥哥！"

那双灿若星辰的眸子，那甜甜的、脆脆的轻唤。

他是刚出生就被抛弃的丑物，被咒骂，被殴打，被欺辱，险死还生。

他辗转修得一身法力，带着满腔怒火回村。

彼时父母重病在床，药石无医，亲朋皆散，只有那个脏兮兮的小丫头，在煮一锅只得几粒米的粥。

那是他的亲妹妹。

他并不为那个所谓的父亲的忏悔而触动，也不为那个所谓的母亲的眼泪而感怀。他们的下跪磕头乃至死亡，在他心中毫无波澜。

可他的心却因那声"哥哥"而柔软。

那个红发恶面的汉子，是怎样小心翼翼拥她入怀中？

比那双乌亮眸子本身更美丽的，是眸中干干净净的天真与亲近。

他让她吃饱饭，把她养大，教她修行，带着她一起飞升仙界，享受永远的逍遥和幸福。

他本以为，那就是一生。

"玉娥……"

沙悟净呢喃着，收敛了全身气息。

他悄然潜入仙界，匿迹于仙狱之外。

仙界的布防万年不易，对曾为卷帘大将军的他来说，几乎是毫无遮掩。

他没有惊动任何存在。

他也没想过劫狱叛逃，三界虽大，何处不是天庭下苑？他只是想亲眼看看玉娥，用自己的眼睛去确认她是否还好。

怀疑的火焰一旦点燃，所有的信任都危如累卵。

沙悟净现在只愿意相信自己，相信自己的降妖宝杖。他凭这根宝杖立下无数功勋，也用这根宝杖替沙玉娥拦下无数风雨。

如今他要凭这根宝杖，去见她。

天不能阻，地不能阻，仙不能阻，佛不能阻！

沙悟净暗运神通，化作一只细蚊，待守门狱卒偏转视线的工夫，飞进了仙狱之中。

往日他也擒拿过不少罪仙过来，因此对仙狱并不陌生。穿长廊转钢栅，一路遇人则隐。仙狱不比地狱，少有惨叫哀号，除了隐隐兽吼，安静非常。

沙悟净知道那是神兽獬豸的吼声，动作愈发谨慎了。

径入囚房，为免节外生枝，既要避开狱卒的视线，也要避开囚犯的眼睛，因而进度缓慢。

他小心翼翼地震动翅膀，但忽然停住了。

他看到一张熟脸，曾在女儿国传令给他的仙使。锁链穿透她的琵琶骨，封住她的法力，她双眸紧闭，似已睡去了，但眉头紧蹙，好像在梦中也忍受着难熬的痛苦。

联系到传令仙使换成多闻天王之事，沙悟净心生不安。或许这女仙知道些什么？他飞进这间囚室，随手布了一个隔音法阵，才显化人形。

沙悟净方要开口，那被囚禁的女仙也正好睁眼。

"卷……"她把剩下的惊呼咽下，左右看了看，低声惶急道："你怎么来了？"

"我……"

沙悟净还在犹豫该怎么说，那女仙又压低声线急急喊道："你快逃！天庭是骗你的。你妹妹已经被杀了！"

这话有如惊雷，震得沙悟净心如焦土。

"怎会？"

"我偷看卷宗才被囚禁仙狱，上面写得清清楚楚，沙玉娥触犯天条，已被诛杀！"

她惶急的神情不似作伪，但沙悟净怎么肯相信，怎么愿相信？

"卷帘。"女仙太过激动，以致牵动伤口，不由得倒吸一口凉气。

"我不会骗你。"她说。

"王母说会给玉娥机会的，她说会给我们机会的。只要我，只要我……"看着这女仙苍白憔悴的面容，看着她琵琶骨被穿透处的血迹斑斑，沙悟净心里已信了三分。

一颗心向深渊不断下坠，但他只是摇头。

"或许……"沙悟净像是突然抓住了救命稻草，"那仙狱卷宗只是他们为了骗过佛土！"

佛土对取经队伍的筛选虽然未曾明示，但有一点显而易见——都是对天庭心怀怨愤之辈。

当年他因失手打碎琉璃盏而被贬至流沙河受刑，此事三界尽知，也因此进入了观音菩萨的视线。

但他从一开始就是带着任务临凡，而沙玉娥是控制他的关窍。

他打死玉面狐狸既是挑拨孙悟空和牛魔王的关系，也是撩拨孙悟空对佛土的恶感。因为他虽是卷帘大将，但所有人都知道他是观音菩萨指定的取经成员。

而天庭从始至终隐在事外，不染尘埃。这是近乎完美的一局——前提是暴怒的孙悟空砸下那致命一棍。

女仙还在艰难呼吸着缓解痛苦，沙悟净眼中的光便已忽然黯淡下来。

他想得明白——如果说在这盘棋上他的命运注定是死，那么沙玉娥活着于天庭而言还有什么价值呢？反而平添事端和负累。

看着仿佛瞬间成了行尸走肉的卷帘大将，女仙眸带哀伤，声音不知是因为痛苦还是不忍，而有些颤抖："他们若非真的杀了你妹妹，怎么骗得过观音菩萨？"

这是实话，无论是从逻辑还是从情理，都非常真实，也因此残忍。

就像一只无形的手，捻灭了漫漫黑夜里唯一的微渺火光，从此便是永暗。

沙悟净闭上眼睛，起初是绝望，绝望中燃起恨和怒，手中不知何时攥住了降妖宝杖，钢牙错得作响。

他终于安静下来，睁开眼睛，沙哑的声音让女仙心头生涩，"我先把你放了，你逃下界去吧。"

女仙没有问他想做什么，那灰暗得叫人绝望的眼神自然说明了一切。

她又想起了初次见他时,他那蓄满希望的眸光,正是那个眼神让她念念不忘。让她好奇,让她疑惑,也让她沦陷。愈是了解,就愈深刻。

她不是没有过后悔,但每每想起那样的眼神,她就知道自己始终会迈出那一步,始终避不过。那样的希望之光,谁舍得揉碎呢?

如今她身陷囹圄,而那双眸子里的希望,也已全部熄灭了。

这就是凡尘的污秽、人间的劫吗?如此沉痛!如此伤怀!

"闯出仙狱容易,但我们绝无可能逃脱追捕,你更不可能打入天宫!"女仙强忍痛苦——精神上和肉体上的——艰难说道,"齐天大圣都在五行山下压了五百年,天蓬元帅直接被打入畜生道,二郎真君至今困守灌江口!"

当了那么多年俯首帖耳的卷帘大将,天庭的实力他岂会不知?正是因为清楚,所以才会绝望。沙悟净惨然摇头,"除了拼命,我什么都没有了。"

女仙脱口而出:"你还有我!"

沙悟净一愣。

她几乎下意识低了头,慌乱地丢出问题:"你难道不想报仇吗?"

沙悟净讷讷喃语:"报仇?"

"你没有办法,我也没有办法。"女仙看着他,"但你如果成了佛,或许就会有办法。"

"成……佛?"

女仙一字一顿地说道:"和金蝉子、齐天大圣、天蓬元帅,一齐成佛!"

自古以来,天庭统御三界,至高无上。三清超然物外,又冥冥中掌控大局。在压制妖族时,仙佛联手默契十足。可如今妖魔已不成气候,仙与佛,又当真可以亲密无间吗?

佛法东传的路上,那些拦路的可大多是三清门徒。更意味深长的是,天庭对取经队伍几乎是不遗余力地帮助。

"还有西海敖烈。"沙悟净补充说。

他仿佛又抓到了一点缥缈的希望，一点将仇恨之火燃烧的希望。好似遥不可及，但终究是……希望。

"所以你不能放了我。"女仙闭上眼睛，"你要报仇，就不能惊动天庭。不能让人知道你来过。"

沙悟净问："那你……"

女仙抿唇一笑，在这幽暗阴冷的囚室里，竟如繁花骤开，"不过是千年时光，便等不到你，天庭也会放了我。"

"我……"

"这是唯一的机会，也是最好的选择。"

沙悟净沉默许久，终于只是说道："保重。"

他又化作一只细蚊，自囚室栅栏飞出，小心翼翼离去了。

锁链穿身的女仙不敢睁眼，怕眼泪被看见。

"他走了。"一个声音在左边说。

"啧啧啧，真是生性凉薄。"另一个声音在右边说。

女仙睁开眼睛，眼泪再也隔不住，一颗接一颗滚落，"你们要我说的我都说了，只求你们别伤害他。"

"别害怕，小彩云。我们让你说的都是实话。"左边声音的主人摇头晃脑，额上银白色独角随之光华流转。

右边的那位也身穿阴阳道袍，但额上却是一对金角，他歪过头来看着彩云仙子的泪痕，"你爱他么？"

"我不知道。"彩云仙子哭道，"我不知道。"

金角道人抬起头对着囚室顶部，眼神却飘忽起来，"爱是什么感觉？"

"大哥。"银角道人撞了撞他，"大道无情，近爱则远道，你可要小心。"

"你说得对。"金角道人回过神来，用淡漠得近乎冷酷的声音道：

"我们杀了她吧。"

银角道人问:"这跟天庭那些蠢货有什么区别?"

金角道人怔了怔,"我听不懂。"

"小彩云说的虽然都是实话,但天庭可没打算被揭穿。"银角道人又开始摇头晃脑,"要不是咱们出手,他们能知道什么?"

金角道人眼神又飘忽起来。

银角道人只得继续解释道:"小彩云关在这里,既不需要咱们出力,也不需要咱们出地方。杀了她除了惊动天庭,留下疑点,还能有什么好处?"

也不知有没有听进去,金角道人陷入一种恍惚的状态中,嘴里随意道:"你聪明,听你的。"

"那是听大老爷的。"银角道人朝某个难以名状的高处拱了拱手,嘴角泛起一抹怪异的笑容,"咱们只要抹掉小彩云的记忆就成,那个姓沙的以后还要打进来呢!"

"打打打。"金角道人附和着,又开心了起来。

"哼哼,"银角道人得意道,"这颗棋子这么好用,玉帝用得,大老爷用不得?"

彩云仙子正在一旁听得心底生寒,蜷缩成一团。银角道人转过身去,一把捏住她的脸,逼得她看向自己。

"别害怕。"银角道人说。

彩云仙子只看到那双眼睛里的银色光华旋转起来,像旋涡一般牵引她的心神。

等她清醒过来,只有空空荡荡的囚室。

穿透琵琶骨的锁链证明着那真实不虚的经历。

那日她设计药倒皋陶,并偷看沙玉娥的卷宗,没想到惊动了神兽獬豸,被当场擒住。皋陶醒后请示了王母宫,将她锁入囚室,刑期是一千年。

这就是全部的记忆，金角道人和银角道人从未出现。

而沙悟净来过，也走了。

彩云仙子还记得自己竭力止于眸中的眼泪，但不知为何，此刻竟已无泪可流。

她一直想不通，仙界有日月不夜之山河，有永恒不灭之光景，为何总有仙人思凡。

直到沙悟净离开后她才忽然明白：仙境万般好，只是太无情。

她又想起那双粗眉恭顺压下的眼睛，想起那蓄满期盼的眸光。

"我也那样热烈的期盼。"

"等你一千年。"

第十七章 一别成永远

沙僧降下腾云，直接落在了祭赛国。这时候才想起来，他还不知道囚室里那传令女仙的名字。

相逢只两面，也许一别成永远。

他略一感应，便寻到了唐僧与白龙马。

正在坐禅的唐僧抬眼看他，眼神似宽容似悲悯。

沙悟净跪倒在地，重重地磕了三个头，"师父，徒儿要走完取经路！"

唐僧没有问他为什么，只是道："挑好担子。"

沙悟净叩谢起身，又问道："大师兄二师兄在哪里？"

唐僧忽然叹了一口气，才道："悟空和八戒去碧波潭了。"

却说乱石山碧波潭，乃是有名的风景秀丽之所。

而如今血焰滚滚，刀兵处处。好好一个富丽堂皇的万圣龙宫，已楼塌屋斜，满目零落。

一众虾兵蟹将狼奔豕突，一千两百草头神追赶擒拿。

二郎神并梅山六圣都在宫外压阵，那哮天犬咬着一颗血淋淋的虫头，正细细啃着。

孙悟空忽然一脚将那头踢飞，"味道可好？"

这一脚势大力沉，哮天犬在地上滚了几圈方才站稳，仗着二郎神在旁,眼神便有几分凶狠。

杨戬皱了皱眉,"不丢下这个头,我不可能让他逃走。"

猪八戒在一旁冷笑,"听调不听宣,原是这般。"

"你有怨气,不必对我撒。"杨戬也自冷笑,"谁害你到这般田地,便找谁去!"

猪八戒一时沉默了,他曾经身为天蓬元帅,不是不知杨戬的苦衷。

当年杨戬劈桃山以救母,引兵驻守灌江口,号称听调不听宣,以示与天庭泾渭分明。

但一道玉帝令旨下来,他还不是不得不从?

仙佛如此强势,三界之大,谁又有真正的自由?

这碧波潭万圣龙宫,也是一方煊赫势力,曾与平天大圣把酒言欢。天庭兵锋压下,顷刻成灰。龙子龙孙满门尽灭,只逃了一个九头虫,锁了一个龙婆。

此刻的龙婆,不见半分万圣龙母的尊贵,锁链缚身,蜷成一团,衣裙溅血,眸有恨光。

她看着这一行神通广大之士,恨恨问道:"老婆子只想问一句,我夫与我儿,一不欺山神土地,二不祸左右城池,经营龙宫,自成一域。便纵用些血食,也是山禽走兽,不曾伤人。何以获罪于天?"

到最后她的声音已在颤抖,"何至于此?"

杨戬沉默片刻,才道:"以交游获罪。"

杨二郎不愿虚言相欺,无论舍利子还是九叶灵芝,只在人间稀罕,哪里算得重宝?区区偷盗之罪,又何至于引动天庭征伐呢?他说的自是碧波潭与积雷山交好之事。

龙婆切齿而笑,面现癫狂,"不知这世间,竟有交游之罪!"

杨戬一时无言。

"你看清楚这世界!"梅山六圣中的郭伸走近前来,"多的是浑浑噩噩!生不知为何,死不知何故!偏你可怜?"

杨戬挑战天威劈山救母后，玉帝降天火烧桃山以泄愤，烧死走兽无数，并有几个避之不及的樵夫猎户，郭伸的父亲正在其中。郭伸自幼失怙，后来修得一身法力，更与杨戬拜为兄弟，天下大可去得，却也寻仇无门。

梅山太尉张伯时向与郭伸交好，上前拉他。

郭伸挣开张伯时的手，抽出钢刀，直指龙婆："你若有冤屈，死后去地府，自问天意便是！"

但三界六道，何处不是天庭御下？却向谁喊冤？

郭伸说的龙婆，又何尝不是说自己。

无处喊冤。

孙悟空以棒尖抵住刀锋，看着龙婆道："你求死还是求活？"

龙婆垂着眸子，声音哑哑，"如今我夫死子绝，婿丧女亡……"

她说到这里便再说不下去，索性闭目哭道："好死不如恶活，便请饶我一命吧！"

"便将她锁在金光塔看守。"孙悟空看着杨戬，"天庭那边说得过去吧？"

杨戬无可无不可，"依你。"

"九头虫此番逃去北海，必有后事。"孙悟空抬头看着万圣龙宫的匾额，"老孙又多了一个厉害仇家。"

"那也是你放走的。"杨戬面容古怪，"西行路远，若非此般一路杀伐，怎可成佛？"

孙悟空沉默一阵，忽然扯起嘴角笑了，"原来成佛沾的血，要比做妖多。"

杨戬不欲就此多说，挥了挥手，转身径出了碧波潭，"收兵吧！"

梅山六兄弟整顿了兵马，亦跟在身后驾云而去。

猪八戒故意喊道："七圣兄弟，你们克此强敌，不同去祭赛国主跟前见功么？"

区区一个人间的祭赛国，哪里配得上梅山七圣移驾？

换来郭伸怒目回视，猪八戒却哈哈大笑起来。似在这无聊的戏谑中，获得了短暂的快活。

因为他不快活。

师兄弟押了龙婆回转祭赛国，孙悟空像没看见沙悟净一般，径将龙婆穿了琵琶骨，锁在金光寺第十三层塔心柱上。

祭赛国主满心欢喜，绕着龙身看了又看，忙忙吩咐左右伺候丹青，立时改了寺名，题作：敕建护国伏龙寺。

白龙马当即暴跳不已，"伏他娘的什么龙！来伏我啊！"

祭赛国主惊得跌坐在地，随行文武也都慌张失措。

沙悟净将他牢牢抱住，以免他伤人。

"你已经不是龙了。"唐僧幽幽道，"你现在是马。"

猪八戒站在孙悟空旁边，看着瞬间安静的白龙马，撇了撇嘴，"他要是哪天骑马摔死了，算咱们取经失败么？"

一行人各有各的情绪，与这祭赛国主也没什么好说的，只取了通关文牒便自出城，连宴也未用。

待众人散去后，那伏龙寺第十三层，龙婆盘于地面，状态萎靡，眸子却出奇的亮。

"我要活着。"她喃喃自语。

"我要活着。"

金色龙眸中血光隐隐，利齿交错，声音如糙石互相砥砺，那是竭力压低却怎么也压不住的恨意。

"我当然要活着。活着看你们这些仙佛的走狗死！看仙佛殁，看净土裂，看天庭塌！等三界共悲，待六道同哭！"

声音在这小小的空间内打转，不敢冲出寺外，却又不甘地盘旋，慢慢湮灭在寂静中。

彼时天光尚好,唐僧第三次从马背上摔下,揉着屁股不敢再上马。

猪八戒仰躺着,闭着眼睛不肯睁开,嘴里念叨着诸如"你们先走,我睡一觉就赶上"之类的话。

沙悟净一手抓着他的背领,拖着他前行,另一侧肩膀扛着行李,闷头往前走。

孙悟空扛着金箍棒走在最前面,耳朵忽而微跳。

他动了动嘴唇,似乎想要说些什么,但最终什么也没说。

第十八章 物伤其类,人或其悲

"我不喜欢这张虎皮。"

漆黑的洞府里,有一个声音这样说。

虽是抱怨,仍如夜莺婉转,撩拨人心。

奎木狼仍有些半醒未醒,惺忪着睡眼,温声哄着,"明日便换掉。"

"我现在就不喜欢!"女声激动起来,显得很是气恼。

"哒!"一个弹指的声音响起,油灯次第点燃,将洞府照亮。

而后便是窸窸窣窣的穿衣声。

奎木狼小心替枕边人掖好被角,才下了床,语极温柔,"娘子稍待,某去去便来。"

他招手取了壁上宝刀,出了洞府,吩咐左右小妖守好门户,趁夜踏进了风雪中。

这飘飞的雪,真像披香殿前剪碎的云。

奎木狼心中愈发柔软,迎风迎雪为相逢。

他运起神通,不多时便发觉了一只潜在洞中的雪白大虎,钢刀一转,便将睡梦中的白虎杀死,一并取下皮来。

这张皮毛入手,柔滑油光,温暖合意。奎木狼心中欢喜,一步转回洞府中。

"娘子,你看这张虎皮如何?"他如捧珍宝般献上。

从这侧只看得到女人如瀑般的青丝,她侧身躺着,没有回头,声音却很冷,"刚剥下来的皮,便与我用?腥味可去了?血气可净了?"

"啊,是为夫失了考虑。"奎木狼赔笑,"只是这夜深人静,手下都是些粗鲁小妖,不通精细活计。若着裁缝炮制好,少说也要三五日呢。"

"那你便三五日不要上床。"

奎木狼一愣,才无所谓地笑笑:"为夫皮糙肉厚,睡地上也无妨。"

"我堂堂宝象国公主,怎与……"女人忽有一股气涌上来,恨恨道,"怎与你这妖怪纠缠!"

奎木狼也不恼,反而附和道:"宝象国谁不知百花羞公主国色天香?为夫真是侥天之幸,才有此番姻缘!"

"你要不要脸?"百花羞愤然起身,怒目而视。

"我要你啊,要什么脸?"奎木狼凑上前,用被子温柔将她裹好,"夜深露重,莫寒了身子。"

百花羞沉默一阵,忽然叹道:"十三年了。"

奎木狼就站在床边看着她,灯光下的她,美得惊心动魄,"是啊,十三年。"

他又用微不可闻的声音喃语,"时间快到了。"

"你说什么?"百花羞问。

"没,没什么。"奎木狼摇头。

天亮的时候,雪已停了,眼前是白茫茫一片。

唐僧走在白龙马身侧,嘴里絮絮叨叨,"小敖,昨天晚上你说梦话了。"

沙悟净回来后愈发沉默,孙悟空向来不爱听些闲话。

只有猪八戒激动地凑了过来,"敖烈说什么了?"

唐僧瞥了他一眼,"在八戒第二十七次喊嫦……唔!"

猪八戒一把捂住他的嘴，状极凶狠，"瞎说什么！"

这下连孙悟空都回过头来，"你轻点，别把他弄死了。"

"话说回来，"猪八戒松开手，看着白龙马，"你这几天的确很不开心。莫非万圣龙宫那条老龙与你有些瓜葛？"

他耸了耸肩，"你知道不该怨我跟猴子。"

"怎么会？"白龙马不得不出声解释，"万圣龙王虽是个有资历的，但偏安一隅，又怎会放在我眼里？"

"我只是叹，万圣老龙资历颇深，却不堪一击。当年蛟魔王横压四海，龙族更无一吭声。齐天大圣下得龙宫，四海龙王献上珍藏。堂堂鳞虫之长，竟没一个有心气的！"

唐僧抚了抚他的鬃毛，"你却是个心气高的。"

白龙马一时哑哑，蹄踏白雪，痕迹蜿蜒。

心气高如何？

天资强又如何？

千万年安逸下来，整个龙族已无一进取之士。历史悠久的四海水军演武也不过成了一个形式，他敖烈生来是个心气高的，自不甘如此。

亲自训练出一支水师，在四海水军演武上横扫诸方！

换来的，却是忌惮和排挤。

他的亲大哥质问他，"如今四海升平，久无战事，暗练精兵，是何居心？"

就差直接把谋逆的罪名安在他身上了。

"分明进贡给蛟魔王的珍宝才刚刚送走！"他按剑而起，怒视这个只因出生得早些便稳坐太子之位的庸碌兄长，"难道以忍气吞声、割地舍财换来的安稳，也能称得上升平吗？"

不承想，这一下竟捅了马蜂窝。

那四条垂垂老朽的老龙，恋栈权位不去，早已失了雄心，甘于安乐，也甘于平庸。求和、退让，都是他们定下的方略。对天庭俯首帖耳，对蛟魔王卑躬屈膝，早已成了习惯。

北海龙王甚至气得甩了酒盏，直骂："井底之蛙，也敢论天地之大！"

那时候的西海三太子敖烈，是何等的锋芒毕露！

他也一脚踢翻火盆，慷慨雄词："堂堂龙族，上不敢争锋仙界，下不敢征伐妖魔。阖宫门以自娱，戏鱼虾以逞威！"

"虽坐拥四海之富，又何尝不是井中之蛙？"

一番话说得四座无言。

唯有火势悄悄蔓延，烧了几张酒案。

本来是一桩小事，什么火势能在龙宫逞凶？

但偏偏，有人放了一颗明珠进去，又偏偏那颗明珠是玉帝赐下！

这的确是大好一个把柄，敖烈唯一没想到的是，竟是他的亲父，西海龙王将他告上天庭！

罪名是忤逆不孝。

偌大龙宫，也尽是争权夺利，父子生怨，兄弟阋墙。

他在凌霄宝殿，当着那位三界至尊的面质问："难道不甘平庸就是忤逆？难道锐意进取就是不孝？"

可谁会回答他呢？

谁会回答一个被自己的兄弟、被自己的父亲、被整个龙族放弃的家伙？

他被直接押去了斩龙台。

若非观音要安排他去取经队伍，如今已不知轮回到第几世。

这当中种种，三言两语又怎说得尽？

物伤其类，就像唐僧见不得和尚受罪，孙悟空、猪八戒、沙悟净此时亦个个感怀。

他们都曾威风过，都曾抗争过，也都失败了。

任左冲右突、上蹿下跳，又怎跳得出这三界？

这三界六道啊，这漫天神佛。

性烈的，便让他俯首帖耳。

执着的，便让他饱受折磨。

随性的，便让他面目可憎。

桀骜的，便让他头缚紧箍。

压得个性全无，镇得百依百顺！

如此之三界！

可便纵是如此之三界，也想要勇敢走下去不是吗？

回首来时的路，孙悟空张扬一笑，"踏雪犹留痕，出世这一遭，岂能悄无声息？"

他带头重重一脚踩进雪地里，留下深深的脚印。

猪八戒、沙悟净、白龙马亦孩童般跟在后面用力踩了起来。

唐僧倒是平静如常，矜持着要缓步而行，被猪八戒一把扯住，在雪地上拖出一条长痕。

"八戒你！为师……哎呀！"

这一路来的压抑、憋闷、忍耐，好似尽散在笑容中了。

脚印愈来愈远，道旁一块界碑渐渐清晰又被远远丢在身后。

上书：宝象国。

第十九章 如此十二年

取经队伍的消息传来时，奎木狼正在给夫人洗脚。

水是用前一日存下的净雪化的，柴是顶好的松木，小火烧了足足两个时辰。

花瓣是去年春天晒的，放在木盆里煞是好看。但怎么也美不过那一双晶莹的玉足。

当然，小妖说的是，发现了几个和尚。

这些小妖并不知来者是谁，也不知什么是取经，更不知取经这件事的意义和影响。他们连棋子都算不上，只是棋盘上的一粒灰，一颗尘。仅仅是棋子挪动时带起的微风，就足以将之拂去。

而他当然也不是奎木狼，他是黄袍怪。

碗子山波月洞，黄袍大王。

奎木狼的手稍停，百花羞便皱起眉，"捏脚也不会了？"

奎木狼站起身来，一边用布巾擦手，一边赔笑："抓几个和尚回来给夫人进补。"

"不许去！"百花羞使起性子，"早说过不许你吃人肉！"

"这个不同。"奎木狼温声解释，"那东土来的唐僧，吃了他的肉可长生不老哩！"

"我说不就不。"百花羞一字一顿。

"我去去就回。"奎木狼的声音温柔却坚持，取了宝刀，转身往洞府外走去。

"你走出去试试!"百花羞一脚踢翻了木盆,水湿了地上的毛皮,花瓣凌乱而碍眼。

在过去的时光里,奎木狼从未违逆过她的意愿。

而这一次,他却没有停步。只淡淡吩咐道:"帮夫人收拾好。"

听着洞府里传来的咒骂与呵斥,以及乒乒乓乓砸物件的声响。

奎木狼反手关上了洞府大门。

你可知,我并不能自主?

是了,你已是转世之身,你怎知?

这世上每个生灵,出生前就已经定下了命运。

大富大贵,或贫苦卑贱。

庸庸碌碌,或封侯拜相。

好笑吧?

你以为你拼搏、你奋斗、你挣扎、你放弃、你逃避……你以为你如今的人生是你的选择。

却不知你的选择也是早被定下的。

被谁定下的?

想这个问题,已是大不敬。

而把这个问题问出口的,千万年来只有一个人。

那个家伙……正在眼前。

他刚从五行山下逃出来。

他一点也不像个丧家之犬,反而跟当年在天宫时一样,趾高气扬。

"把我师父交出来吧。"他笑着说。

奎木狼扭了扭头,谑笑着,"什么师父?凭什么交?怎么交?"

趁着这猴子去化缘,略施小计,派了两个小妖引走那只肥猪和那个傻大个。他黄袍大王再上阵,轻轻松松抓走唐僧。

虽说只是来走个过场，但得手也未免太简单了些。

简单得让他不忿。

五百年前天宫那一场，他输得很惨。不，他甚至不能够算一个有资格的对手。

齐天大圣的对手，是二郎显圣真君，是三坛海会大神，当然没人特意记得他还打败过奎木狼星君。

孙悟空横扫天宫时，他只是一个沉默的背景。无数被掀翻的天将之一。

可五百年了。

五百年来他不曾懈怠。

可以说除了披香殿里的那位侍香玉女，他剩下的精力全在这口宝刀上。

他勤修武艺五百年。

五百年了，为什么不试试看？

试问宝刀……利否？

试问今日之三界，可还有大圣能齐天？

"好。"孙悟空说了一个字。

他便只说了这个字，而后一道灿烂的金光散开，铁棒已落！

此时恰是正午，而那金箍棒却比阳光更炽烈。

呼啸的，是不堪重负的风。

颤抖的，是战战兢兢的光。

奎木狼拔刀，刀出三寸，正抵棒尖。

一股沛然难御的大力，直压刀锋而来。奎木狼像被一脚踢飞的石子，连人带刀飞远。但一团云气裹住了他，他在云中止住身形，却止不住喉间一口鲜血喷出。

"好！"奎木狼大喝一声，一脚踏碎腾云，身如离弦之箭，直直射向孙悟空。

他眸中犹无惧意,长刀亦于此时彻底出鞘。似一头猛兽挣脱囚笼,獠牙带着咆哮的凶戾。

此时天光正亮,却突然有了星光。大日也遮不住的星光!

星光自西而来,铺天盖地间又忽而凝成一个光点,光点悬于刀锋之上。

这一刀,便已耗尽百年星力,乃是绝杀之刀。

半靠在横枝上惬意观战的猪八戒猛然坐直,"原是奎星。"

沙悟净摩挲着降妖宝杖,盘算着若是自己下场,会有几分胜算。

但他们都没有插手的意思。

无论奎木狼有多强,他们都不认为孙悟空有输的可能。

孙悟空也自然不会让他们失望。

面对这凝聚百年星力的一刀,他只是平直地将金箍棒拉到左侧,像一支大弓被拉到极限,而后挥棒!

这一棒如此简单,却如此干脆。

如此随意,却……如此嚣狂!

金箍棒狠狠砸在那一颗星力凝聚的光点之上,而后碾碎它。继而砸上那一抹刀锋,而后砸断它。最后撞上奎木狼的身体,将他轰飞!

内甲已裂不堪再用,肋骨不知断了几根,五脏六腑都有移位。最严重的是星力溃散,再修回来又得数百年苦功。

奎木狼感知着自己的伤势,再一次清楚地认识到了实力差距。

他本就是一个清醒的人。与孙悟空真刀真枪打一场,只是难得一次不清醒的尝试。试过了,便罢了。

所以当孙悟空走近,他便强压着伤势直接开口:"大圣神威盖世,小妖拜服。请稍待,贵师很快送来。"

得到他的授意,远处战战兢兢的小妖拔腿就往洞府跑。

不多时,一队小妖便推着五花大绑的唐僧到来。

唯一让奎木狼意外的是,百花羞也跟过来了,手里还牵着一只吊睛白额虎。

"夫人,你怎么也跟过来了?"奎木狼咳着血,声音却依然尽力温柔,"这里危险,你先回洞府去。"

"我的事要你管?"百花羞却不领情,不仅不领情,还从袖中抽出一把尖刀,对准了唐僧。

"夫人说得是。"奎木狼附和着,艰难从地上爬起来,苦笑道,"不过,为了保为夫一命,还是放了唐长老吧。"

"我不放又怎样?"百花羞把尖刀松了松。

孙悟空冷眼看着这对夫妻,并不言语。

猪八戒唯恐天下不乱,"我师父要是伤了一根寒毛,你这妮头可就死定啦!"

百花羞看向奎木狼,奎木狼无奈地点点头,对猪八戒的话表示肯定。

百花羞不再犹豫,猛地一刀扎在了唐僧心口!

这是如此用力、如此致命,又如此突然的一刀!

突然到白龙马吓了一个哆嗦,突然到沙悟净瞪大了眼睛,猪八戒嘴巴都合不拢。

他们从未想过,竟真有人敢杀唐僧!

而且是这样一个看起来柔弱的女子,而且是在奎木狼性命操之人手的情况下!

这可是金蝉子的转世,如来钦点的取经人,佛法东传的关键人物!

然而奎木狼竟似毫不意外,他只是苦涩地看着百花羞,"你真这样恨我?"

百花羞抽出滴血的刀,绝美的脸上此刻只有狰狞恨意,"你这该死的妖怪!丑陋的蠢物!凌辱了我十三年!我恨不得剥你的皮,喝你的血!"

她松了手里的绳子,"小白,吃了这个和尚!"

那吊睛白额虎却连续几个蹿跃跑到了孙悟空身边。

"小白？"百花羞又疑又怒，这只虎她养了许久，向来听话通人性。

孙悟空轻轻吹了口气，身边的吊睛白额虎身形变幻，恢复了俊美的和尚模样，不是唐僧又是谁？

从始至终，他都没有担心过唐僧的性命。就如他其实并不在意佛法是否能东传，唐僧的性命，奎木狼要比他更重视。

百花羞显然已经明白了奎木狼的猜疑和试探，但她仍用一种不讲理的蛮横与怨毒质问："你把我的小白怎么了？"

奎木狼涩声道："小白没事。我只是施了障眼法，让它在内屋睡觉。你回去便可看到。"

此时被百花羞刺死的那个假唐僧也已显出原形，却是一只未开化的狼妖。

百花羞犹自愤恨不已，"你这恶心歹毒的妖怪，竟然用个假和尚骗我！"

奎木狼沉默不语。

猪八戒却嘿然一声："奎星莫不是下凡的时候不小心弄瞎了眼？如今这是什么眼光？便去掳压寨夫人，也须掳个温柔可人的啊！"

"死猪头！与你何干？"

"不许你说她！"

却是百花羞与奎木狼同时开口。

猪八戒里外不是人，恼得直挽袖口，恨不得一耙下去九个窟窿。

奎木狼一步转到百花羞身边，轻轻吐气，便让这咒骂不休的女人昏迷过去。他温柔抱起百花羞瘫软的身体，才带着歉意对猪八戒道："天蓬万勿见怪，我娘子肉眼凡胎，不识真仙。"

猪八戒叹了口气，"你倒是痴情。"

"实不相瞒。我娘子前世乃是披香殿侍香玉女，与我在天庭便有私情。"奎木狼叹道，"此番我奉命下界，她思凡转世。虽然有胎中之迷，性情大变……但在人间续了十三年前缘，我已心满意足。"

猪八戒只觉感慨万千，又一时出不得声。

奎木狼任打任骂固然痴情温柔，那侍香玉女为续前期不惜转世临凡，又何尝不是情深义重？

只是，相爱的人，为什么不能坦然相爱？要以这种方式才能重逢？

于仙人而言，十三年时光不过一弹指。而就为了这区区十三年，一个仙人转世临凡，身受轮回之苦。

这难道能够说明仙律的正确吗？

奎木狼唤来小妖，"我本奎星下凡，尘缘已尽，当回转天庭。波月洞中财富，你们尽可分了，只是往后不得害人，好生修炼，或有得道之日。"

小妖应命散了。奎木狼又对着唐僧礼道："惊扰圣僧大驾，实是罪过。此间既事了，我便回天庭复命。烦请圣僧送百花羞公主回宝象国，想来通关用印便不在话下。"

如此有条不紊又礼数周全，至此才显出几分一代星君的风采来。

唐僧却没有多说，只是接过昏迷的百花羞，令沙悟净好生背住了。才上马调头，"走吧。"

但就在奎木狼要驾云离去之前，唐僧却不回头地问了一句："十三年，够了吗？"

奎木狼愣了一下，才释然笑道："足矣！"

他从来都知道命运的强大。他很认命。

多少痴男女，一生只擦肩；多少有情人，朝夕不得见。

有这十三年光明正大的相处，已是天大侥幸，还能要求什么呢？

不提宝象国王千恩万谢，也不必提百花羞公主从此闭门不出。

唐僧师徒一行出城而去，一国风情，不过一段旅程。一段故事，不过一寸光阴。

倒是猪八戒感慨颇多，"以前在天上时交往不深，倒不知奎星是这样痴情的男子。"

沙悟净亦深有同感，"他敢挑战大师兄，也称得上勇敢。"

"只可惜……"猪八戒接道，"痴心错付。"

唐僧不置可否，"悟空，你觉得呢？"

一直沉默的孙悟空冷笑一声，"不过是仗着受命而来，知道我不会杀他。"

"你这猴子，就知道打打杀杀！"猪八戒不满道，"要我说，那可恨的百花羞敢对师父动手，你怎不一棍打死了？"

唐僧幽幽道："你是恼她对我动手，还是恼她负心？"

这话直往猪八戒伤口戳，他错着牙齿冷冷道："换成我是迦叶，哪会与你辩什么法？早把你牙都打掉，让你说话漏风。"

唐僧盯着他圆滚滚的肚皮，"你这么大的肚子，居然容不下几句真话。"

"那百花羞与……"沙悟净打着圆场，含糊着接道，"自是不同的。"

"你们以为，百花羞真没有记起前世么？"唐僧叹了口气，"她以长生仙人之身，甘受轮回之苦，只为再续前缘。如此执念……当真冲不破胎中之谜？"

唐僧又道："她其实早就知道我不是那只老虎。她看我的眼神……很提防。"

百花羞当然不会提防她的宠物。

"这……"

猪八戒与沙悟净面面相觑。

如果说百花羞有宿世记忆，那么性情大变自也无从说起。侍香玉女对奎木狼用情不可谓不深。那么她的刁蛮，她的冷酷，她的恨意……都只有一个解释——都是为了耗尽奎木狼的愧疚，让他坦然。她决然刺杀唐僧，也不过演的一场戏。

奎木狼是受命下界，任务完成后便可安然回到天庭，继续做他的逍遥真仙，顶多为避人口舌，暂被冷落一阵。而百花羞呢？却是思凡下界，这意味着她再也做不回侍香玉女，从此生老病死，饱受轮回之苦。

与之相比，奎木狼又何曾有过永不成仙的决定呢？

猪八戒说话有些艰难，"原来他们之中，侍香玉女才是真正痴情的那一个……"

想起奎木狼临走前释然的笑容，他一定觉得坦然，觉得心安，自觉尽力，自问心中无愧吧？

"他的勇气并非来于自己，他的温柔是因为愧疚。"

"我不厌恶他，也不尊敬他。"

唐僧在马背看着前方的路，帽上飘带随风轻舞，"三界有很多神仙，很多佛陀，也有很多面具。便是再大的神通，人心也是听不透的，万不可轻言论断，自持不改。前有通风大圣，后有六耳，你们不得不察。"

第二十章 一生的意义

某个幽暗的山洞里，白骨夫人无声前行。

她的脚步是如此轻柔，仿佛生怕惊扰了某个存在。

因为如此安静，所以洞府里隐约可以听见呼吸声。

极为微弱的呼吸声，如风中之烛，随时将熄。

白骨夫人自是不需要呼吸的，因而这声音源自山洞的主人。

当白骨夫人脚步停下的时候，山洞的主人出声了："是你啊。"

这声音沙哑、煎熬、脆弱，仿佛生怕多用了一丁点力量。

白骨夫人看着他。

她已经来见过他许多次，但仍如第一次那般觉得触目惊心。

他瘫在一张巨大的石椅上，整个身体以一种怪异的方式扭曲着，一动不动。

他的左臂处齐肩而断，双腿萎缩干瘦得如竹棍。胸腹处有一道巨大的创口，皮肉翻卷，隐约能看到没有多少血色的内脏。身上毫毛稀疏，遍布一道又一道的伤疤。

就连他那张本就凶恶的面目，也被削去了一半，只余了一只眯缝着的眸子，注视着这个世界。

他这样的伤势本不可能活下来，但他活下来了。

他这样活着还不如死去，但他还活着。

白骨夫人认认真真地行了一礼，如以往来的每次一样，是发自内心的尊敬。

"禺狨大王。"

这个垂死的家伙,竟是禺狨王!

这山洞普通至此,简陋至此,谁能想到竟是一位盖代妖魔的栖身之地?

谁能想到,曾经反天的七个大妖之一,威名传扬三界的驱神大圣禺狨王,竟会藏身于这样的一个地方,以这样凄惨的面貌?

禺狨王眨了眨仅剩的那只眼睛,表示询问。

"想必您已经知道,西行路上,奎星挑战……孙悟空。"说到那个名字的时候,她的眸子也隐约亮了起来。

驱神大圣这样的存在,即便风烛残年仿佛下一刻便会死去,也不会缺少耳目替他观察三界。

"不过是仗着他不会下杀手。"禺狨王有气无力地下了结论。

菩萨柳枝甘露水,能使一滴遍十方。腥膻垢秽尽蠲除,又发生机清净场。

观音菩萨净瓶中的甘露,可以生死人肉白骨。也可以腐妖躯、朽生机。他的妖躯便始终在生死之间挣扎,创口永远无法痊愈。

他以奄奄一息的状态说话,结论却和孙悟空出奇的像。

大约每一个英雄人物,除了难以改变的本真外,很多时候也都有相同的识见。

白骨夫人恨恨道:"一个个的都敢挑战孙悟空了,也不问问自己有没有资格!"

"难道以为天庭足够倚仗吗?"她激动起来,"才过去了五百年。就有人已经忘记了他是怎么样大闹天宫!"

禺狨王并不说话,他有比这更激动的时刻,也有比她更应该愤怒的理由。但他知道此时此刻,什么更重要。少说一句话,便省下多一次呼吸的时间。岁月还很长,望不到尽头,而他这样的状况,需要用生命去慢慢填磨。

白骨夫人平复了情绪，再次深深一礼，"我是来跟您道别的。"

禺狨王眨眼。

白骨夫人说："我想做点什么。"

禺狨王深深地看着她，"强如六耳，也已灰飞烟灭。"

"佛旨通传三界，西行路上要受八十一难，方能功德圆满。"白骨夫人声音平静，平静本身即是一种力量，"我去凑上一难，让他早些功成。"

她既非三清门徒，也非佛陀坐侍，贸然插足西行，结局便只有死。

六耳猕猴已足为前车之鉴，所以禺狨王陷入沉默。

一直到白骨夫人转身走到洞口，禺狨王的声音才再次响起，"你知道这毫无意义。"

"让三界知道，还有妖魔肯为他死。"白骨夫人走出山洞，"这就是意义。"

"孙悟空！孙悟空！"

猴子听到有人在这样喊。

但他不知这声音是在唤谁。

他置身于一片茫茫的黑暗之中，没有上下左右之分，空间和时间都很混乱。

他有些茫然。

过了一阵，又有声音喊道："齐天大圣！""齐天大圣！"

这声音起初十分激昂，但好像被某种力量扭曲拉长，后来变得很怪异。

猴子从无边无际的黑暗里站起来，黑暗既然无边无际，自然也就没有中心，但他站起来，他便成了中心。

他问："谁在说话？"

没有谁再理他。

黑暗陷于寂静。真正的寂静不只是没有声音。没有风，没有光，也没有温度。

猴子四处看,虽然什么也看不到。

他疑惑、好奇、不解。

但也没有害怕。他仿佛从不知畏惧。

他的不知畏惧,不是不知者不惧。

而是在了解许多、面对许多之后,依然无所畏惧。

他想,我都了解什么呢?

他于是睁开了眼睛。

这样描述大概很奇怪,因为他眼睛本就是睁开的。

但这次不一样。

黑暗中,亮起了一对赤金色的眸子,仿佛赤金的火焰在眸子里燃烧、沸腾。

有了火光,也就有了一切。

"你醒了。"唐僧蹲在他身前。

孙悟空依然躺着,但眼睛已危险地眯了起来,"你们干什么?"

因为唐玄奘、猪八戒、沙悟净、白龙马围成了一个圈,一起看着他。

这种感觉让他很不愉快,像被看猴戏一样。

让他回想起曾经还很弱小的时候,被人抓去杂耍逗乐、扮丑乞食,那样耻辱的时光。

那时他还没登上灵台方寸山,没有通天彻地的本领。

爪子不够锋利,手上也没有力气。身上的鞭痕与观众的嬉笑叫他同样难堪。

孙悟空突然怔了怔。

他本以为自己早已经忘了。

但最近总越来越多地想起从前。

"我以为你从不用睡觉。"猪八戒说。

"更别说做梦。"沙悟净接道。

白龙马打了个响鼻,自觉退开了——他感觉到了杀气。

孙悟空心中突然有一种暴戾的冲动,不知从何而来。当然不是针对眼前的这些人,他只是想杀生。一个仙一个佛,或者随便一个什么,去打去杀,去染血。

但是他控制住了。

"我也没想到我会做梦。"他从散开的包围圈中坐起来说。

唐僧很有些忧虑地看着他,"这条路上走得越久,你的心就越乱。"

孙悟空张开手,静静放在眼前。阳光透过枝叶的缝隙洒落,将他的手照得分外清楚。长长的、金色的绒毛,缠绕着干净而有力的手。摧山平川,也只是翻手之间。

他足够强大,但西行之路也足够漫长。漫长得足以让许多故事发生,也让更多故事结束。开始与结束之间,自有动人心魄的力量。

"已经走很久了。"猪八戒在一旁有气无力,"老猪累坏了。"

"你看得到尽头吗?"唐僧问。

猪八戒寻了一棵大树靠坐,随意回道:"尽头不就是灵山么?"

唐僧叹道:"看不到尽头的那条路,才是真的久。"

孙悟空抬头,再繁茂的枝叶也阻挡不了他看向高渺天空的视线,"或许,这就是他们想要的。"

唐僧将肩上的一片飘叶拈起,轻轻弯腰,放在最近的树根旁,"红尘炼心,熬不过去就沦落,熬得过去就会更强大。"

"我不会让他们如意。"孙悟空说。

"那么,去化缘吧,去历红尘。"唐僧说道,"为师饿了。"

孙悟空收回视线看向他,仿佛要从他脸上看出花来,"这才是重点?"

"活下去当然是重点。"唐僧一脸坦然。

第二十一章 我愿以身作劫

"八戒去化缘,师父饿了。"孙悟空说。

"悟净去化缘,师父饿了。"猪八戒说。

沙悟净应了一声,拎着宝杖便要走,但微风卷着一缕幽香过来。

"圣僧如果饿了,我这里正好有些吃食。"一个提着食盒的女子走近,虽是村妇打扮,却也掩不住瑰丽秀色。

"怎么好意思用施主的饭……"唐僧合掌为礼,俊脸上泛起真诚笑容,"可有素食?"

村妇捂嘴轻笑,直如兰草微放,美不胜收,"我这饭食是给田间老父送的,他向来礼佛食素。"

她的声音也极好听,似清泉叮咚,悦耳入心。

"好。"猪八戒忽然出声应道。

孙悟空在他身后问:"哪里好?"

猪八戒直愣愣地看着这貌美村妇,诏笑道:"好看。"

村妇循声转过视线,瞧见这张凑近的猪脸,悚然一惊,"呀!"

她下意识往后一退,又恰好绊在树根上,整个人便往地上倒去,食盒也松了手。

"施主小心!"唐僧一个箭步上前,接住了食盒。

村妇及时扶住旁边的大树,犹自惊魂未定,"怎的生得这般怪模样?"

猪八戒浑不以为意，嬉皮笑脸地指着孙悟空："这还有个更丑的哩！"

村妇定了一定，才看向孙悟空，看了一眼，又转回来看一眼，最后才低头小声道："我觉得他生得好看呢！"

孙悟空静静看着他们，思绪又无端地放飞。

"哈哈哈哈，我看你叫丑猴王正好，也与我相衬。叫什么美猴王！"

"啧啧啧，看你这毛脸雷公嘴，倒不知美在哪里？"

那时他们彼此取笑，也斗个不停，但如今想来，那或许是他最快活的一段时光。

猪八戒大惊："你审美这般偏颇，为何不能欣赏我？"

唐僧捧着食盒坐到一边，已经迫不及待在用饭，一边扒着米饭，一边含糊不清道："佛曰：都是臭皮囊，有什么美丑？"

"既如此，"猪八戒冷笑，"他们怎么不把自己变成猪？"

他走到唐僧旁边，取出自己的饭钵，非常自然地从食盒里扒拉了一多半饭菜过来，嘴里仍不忿道："一个个装什么慈眉善目，扮什么宝光仙真？"

唐僧想了想，"如果他们都变成了猪，那这三界便一定以猪为美。"

他笑看着猪八戒："越像猪的便越好看，所以你那时应该是三界第一美男子。"

沙悟净翘了翘嘴角，想笑，但没能笑出来。

讨论仙佛会不会变成猪，无疑十分滑稽，因而他起初觉得可笑，但接着更觉可悲。

无论那些仙佛是什么样子，只要三界的规则仍由他们决定，一切便依旧不会有变化。

唐僧说的是笑话，但更是实话。

青菜鲜嫩爽口，米饭喷香糯软，可猪八戒愈嚼愈觉无味，终于将饭钵放下。

他突然很难过，难过到不想吃东西。

也许再怎么努力，一切也都不可改变。

孙悟空从回忆中转出来，纷至沓来的回忆让他更加没有耐心。尤其那个村妇一直看着他，让他很不自在。

"不管你想做什么，到此为止。"孙悟空声音冷硬，"趁我还不想杀人。"

这当然不是实话。从他醒来的那一刻，他就很想杀人。但他知道不能够放任滋长的冲动，愈是有无数道目光等待他疯魔，他愈是要克制。克制，会让他变得更强大。

"很熟悉的话。"村妇声音很柔软，也很平静，"你对我说的每一句话，我都放在心里，咀嚼了无数遍。"

"你是谁？"孙悟空压制着戾气。

"你如果正眼看我，绝不会认不出我是谁。再精妙的变幻之术，又怎能瞒得过火眼金睛？"村妇一动不动，只是仍看着他，宁和地看着他，"我要你好好地看我一次。"

"装神弄鬼！"孙悟空铁棒一抬，就要发作。

"悟空！"唐僧制止了他，"便是这顿斋饭，也值得你多看一眼，毕竟省去了你化缘的时间。"

"多谢圣僧。"村妇对唐僧认真一礼。

"不谢。"唐僧抬了抬手里的饭菜，"因果两清。"

孙悟空再一次按捺住性子，眸中金光略转，已看穿虚实，便拧起眉来："我说过，别再让我看到你。你以为你能例外？"

"我从没想过成为你的例外。"白骨夫人取消变幻，现出更为貌美的真容来，"并且我想让你的世界里永远都不会有例外。"

"你到底想做什么？"孙悟空眉头拧得更紧。

她说："听闻西行路上有八十一难，我愿以身作劫。"

沙僧与白龙马也都退到唐僧身后，默默戒备起来。

孙悟空睥睨她，"连我一棍都不可能接下，也敢来送死？"

白骨夫人追逐着他的目光，"我就是来送死。"

"你以为我是谁？"孙悟空依然冷漠，"你以为谁都有资格死在我手下？"

"你不恨我吗？"

"你也配让我恨？"

"便是我引你离开，六耳大王才有了可乘之机，他才会死。"

"以六耳的本事，怎样都能找到机会。"

白骨夫人的目光仿佛升温，愈发炙热起来，"你永远不会推卸责任，永远不会迁怒弱者。你是真正的英雄，当之无愧的王。"

"我不想做什么英雄，也不想再做什么王。"孙悟空冷冷看着她，"我现在只要成佛。"

白骨夫人却没有一丝一毫的失望，只是温声道："你这样的英雄，就算是成佛，也应该位置再高一点。"

"我已给了你太多时间，只念在你曾追随我的旗帜。"孙悟空冷声道，"你若一心求死，重修五百年再来。"

"我自知天赋不足，再修五百年，也帮不了你。"白骨夫人轻轻摇头，温柔又固执，"所以你现在就要杀了我，这是我唯一能帮你的方式。"

"我只说一遍。"孙悟空一字一顿，"我不需要你帮！"

"从这里向南向北，各有一小国，计有近百万国民。"白骨夫人迅速补充道，"我在两国水源里下了尸毒，此毒无药可救，一旦发作，必然尸横遍野。"

"我若身死，尸毒自解。"她看着孙悟空，"杀我，便是救人。杀我，便是做佛。"

"遗祸百万生灵，此乃滔天大孽！"唐僧先是大惊，继而面容悲苦，竟怔忪垂泪。

"我最恨有人逼我！"孙悟空的声音里第一次有了真正的愤怒，

"你以为你的死,能够有什么影响?"

"如此,取刀于我。"唐僧长身而起,颤抖着伸手。

他平日行止坐卧,如和风细雨。扫地恐伤蝼蚁命,爱惜飞蛾纱照灯。

而这一刻,竟要拿刀,竟要除妖。

不为成佛,只为救人。

"他杀不了我,因为我不肯让他杀我。"白骨夫人仍看着孙悟空,"我只肯死在你手里。"

"我要给你这份搭救百万生灵的功德。"

"他们要让三界都怕你、恨你。"

"我偏要人们爱你、敬你。"

孙悟空也看着她,阳光洒在他的毫毛上,那光芒仿佛一时柔和了些。

白骨夫人粲然一笑,但笑容忽然一变,长发飘舞,杀气爆发。猛然扑向唐僧,指甲疯长,直取心脏!

就好像,之前所有的一切都是伪装,只为了这一刻决然的刺杀!

"敢耳!"孙悟空舌绽惊雷,铁棒直追而去。

猪八戒与沙悟净亦反应过来,上宝沁金耙与降妖宝杖几乎同时护在唐僧身前。

但白骨夫人骤然回身,狠狠撞上了金箍棒!

在迎上金箍棒的那一刻,她已散尽妖力,等同于以疲敝之身,直面万钧之力。

"你救了他们。"

白骨夫人温柔地笑着。

只是谁也不曾听到,她埋在心底的、那么满意的、一声叹息。

"你再也不会……忘记我。"

微风转,身成骨粉,簌簌而落。

第二十二章 我所见者，我所听

微风卷进尽是死亡腐朽味道的山洞,撩拨起若有似无的喃语。那不是什么有意义的声音,只是石椅上一个将死之躯的奄奄一息。

可他毕竟还活着。

生或者死,从来不是他会考虑的问题。而当年他一怒暴起,也从未想过何为一生的意义。

他从来只过自己的一生,而不在乎别人眼中的意义。

白骨来了,白骨走了,白骨会死去。在浩瀚无垠的三界里,这件事渺小得不值一提。相较于他波澜壮阔的一生,这件事也不足以媲美最微小的涟漪。

可神憎鬼厌的禹狨王,还是发出了一声叹息。

今时万物沉寂,今日有妖死去。

透过耷拉着的厚重眼皮,他在昏暗的洞窟里,把目光又投于昏暗中。可目光这个词的意思是,只要你还在看,目中就有光。

光的恍惚之中,在这样恶臭腐烂的环境里,也有一些微渺的美好诞生。

漫山遍野,群妖举戈。战争绵延着战争,鲜血沐浴着荣耀。

四季的风景都攥于手心,生灵的自由都植于灵魂。

他仿佛又看到,那七个顶天立地的身影,那样意气风发地立于山巅。

但那已经是,很久很久以前的事情了。

地府最深处，有一小殿。

形制并不宏伟，但自有道韵无穷。

这里是地藏王菩萨的道场。

虽然十殿阎罗才是名义上的地府之主，但他的地位却隐隐更为超然。

此刻地藏王菩萨盘膝坐于案前，经书翻开，却未诵念，而是问道："她心里是怎么想的？"

"我听到了内疚。"经案前伏着一只神兽，虎头、独角、犬耳、龙身、狮尾、麒麟足，集群兽之像于一身。

"她觉得她很自私。"地藏王菩萨解释道，"用自以为的想法去逼着别人接受，自然是一种自私。"

地藏王菩萨又说："但她既然觉得内疚，那她就并不自私，反而伟大。"

他说得很拗口，但谛听与他心意相通，便能够理解。

因为只有真正全心全意为对方考虑，才会在付出一切之后，仍觉得内疚。

谛听沉默了一会，才道："六耳赴死，是为了让孙悟空顺利成佛。"

"白骨求死，是为了让三界知道，始终有妖魔愿意为孙悟空去死。"

他于是问道："我们是否应该告知诸佛，孙悟空也许并未屈服？"

"你应该相信佛祖的智慧。"地藏王菩萨平静地捻动念珠道，"无论是他还是玉帝又或道祖，都不曾真正信任孙悟空。逼他战牛魔王，杀六耳猕猴，伐碧波潭，都是如此。他们要孙悟空自绝于妖族，而只能做他们的狗。"

"而后他们便会争夺这条狗，争做这条狗的主人。"他继续道，"因为这条狗实在是太强大。"

谛听犹豫片刻，最终决定实话实说，"我相信孙悟空永远不会是狗。"

"但他们高高在上太久，他们不会相信。"地藏王菩萨的表情很奇怪，"他们不相信爱，不相信正义，不相信自由胜过生命，不相信世上有不可折断之物，有不可改变之人。"

地藏王菩萨把珍贵的佛宝念珠丢在经案上，随意得就像放下某件杂物，"他们以伪善掩饰暴虐，以恐惧维护统治。玩弄生灵，操纵三界。他们统治得越久，就越不肯改变。"

"所以，或许需要我们提醒。"谛听说。

地藏王菩萨摇头，"如果他们愿意相信，他们就不需要提醒。如果他们不愿意相信，提醒也没有用。"

谛听有些疑惑地看着他，"但是……"

"我曾发大誓愿，地狱不空，誓不成佛。"地藏王菩萨平视前方，仿佛看着地府的亿万魂灵，"然而，只要三界不崩，轮回还在，地狱就不会空。"

他的目光深沉而悲悯，"因而地狱永远不会空，我永远不会成佛。"

虽然已经相伴无数岁月，但谛听还是第一次听到地藏王菩萨如此阐述本愿，他感觉整个灵魂都在缩紧，艰难道："那么尊上若要成佛，岂非先要三界崩……轮回坏……地狱空？"

地藏王菩萨坦然笑了，这一笑中有大慈悲，"我乃地藏王菩萨，既是菩萨，又是鬼王。王在菩萨前。如果地狱真的空了，我成佛还有什么意义呢？"

谛听的身体和灵魂，陷入一种难言的温暖中。

他感受到真正的慈悲，并由此被深深地感动。

地藏王菩萨从未想过成佛，从未谋求过高高在上的位置。他虽身证菩萨果位，但与那些仙佛是不同的。他从一开始就低到人间中，低到地府最深处。永镇冥土，以大法力大慈悲，救度一切罪苦众生。

这是真正的仁慈，真正的悲悯，真正的佛心。

谛听叹息道："三界虽然辽阔，谁能比菩萨伟大？"

地藏王菩萨摇摇头,"爱无高下,为一人,为一城,为一国,为三界六道,有何殊异?情不能量,爱不可数,无有高低。"

"如此,是大智慧。"谛听叹服地望向地藏王菩萨,却从那双智慧渊深的眸子中看到了一丝愧疚。

他愣了愣,便已明白过来,"此三界大争之时,无论仙佛妖魔,都不会想我知道什么,因而我便不该存在。此时这里还能平静,想来菩萨已承受不少压力。"

地藏王菩萨毫无遮掩地看着他,也让他清晰地感受到那份歉疚和悲悯。

"通风大圣、六耳猕猴相继身死,我早该明白。"谛听甩了甩狮尾,"他们不会允许三界有能听人心者,尤其不允许这份能力不被掌控。"

他嘲讽道:"若被听到了诡谲,他们还怎么伟大?"

地藏王菩萨站起身来,对他深深一礼。这一礼,便是对自己无能为力的歉疚,"我只能保住你的性命,不能保住你的耳朵。"

"如此也好。"谛听深深闭目,"我的耳朵早已脏掉,我的心也早已复杂。就当我从未了解过这个世界,与菩萨一起,远离纷争。在这冥土深处,度厄地狱众生。"

话音落,两道血线自他耳中垂下。

从此三界六道,再无遍知人心者。

第二十三章 斩性见我我是谁

"他们认为每个人都有弱点,弱点来自七情六欲;所以割舍这些情绪,就是他们强大的秘密。"

猪八戒说:"我修过断七情大法。"

沙悟净闷声道:"很难想象你现在还能……"

唐僧幽幽补充:"贪吃好色,七情不戒。"

"老猪是俗人一个。"猪八戒无所谓地笑笑,"这等大道妙法也教化不了我。"

他看着前方的祥光彩雾,缭绕间隐现楼台殿阁,似有似无的钟磬悠扬,嘴角翘起,"希望到了灵山,佛祖能真正教会我。"

唐僧意味深长地看着他,"唯有最深沉的爱恨,可以对抗最无情的永恒。"

"我只想知道,"沙悟净以降妖宝杖挑着行李,脚步沉重,"这条路还有多久。"

一直沉默的孙悟空喃语:"就快了。"

"在你越接近成功的时候,你也越接近失败。"唐僧抬手指着前面,脸上露出笑容,"灵山到了。"

却见青松带雨、翠竹留云,鸟啼丹树、鹤饮石泉,有霞光缥缈、檀香烟茫。仿佛宁神钟动,隐约清心佛唱。

及至山门,得见珍楼宝座,上刹名方。一座恢宏大殿,昂然而立。

沙悟净低呼:"雷音寺!"

"看清楚些……"孙悟空扫了一眼匾额便移开视线,"前面还有一个'小'字。"

沙悟净粗眉一挑:"没听说过有小雷音寺。"

猪八戒嘿嘿笑道:"兴许是如来养小老婆的地方。"

唐僧连忙阻止:"八戒不可无礼,谤佛可是大罪。"

猪八戒无所谓地耸了耸肩:"难道你们会告老猪的黑状吗?"

唐僧叹了口气:"那你也别在雷音寺门口说这些啊!"

恰在此时,洪声如天鼓,自寺中响起:"你等既自东土求经,如今既至宝刹,怎么如此怠慢!"

唐僧翻身下马,推门而入。方到二层门内,见殿门外宝台下,五百罗汉静坐,三千揭谛默立,金刚、菩萨、比丘尼、优婆塞……瑞气千条,霞光万道。

"好景色。"唐僧说。眼睛却看着墙角一朵无名的小花:色如白雪,随风摇曳。

"请进大殿。"殿里有声音说。

唐僧拾级而上,进得殿内,抬头看着莲座上那尊佛陀。

佛陀周身金光缭绕,威严莫测,"痴儿,为何不跪拜,只是抬头看我?"

唐僧说:"你如果坐低一点,我抬头就不用那么辛苦。"

"你还是不肯低头?"

"您着相了。"

"就如方才殿外,你低头才能看花。你能对一朵花低头,为什么不能对佛祖低头?"

"花好看,佛祖又不好看。"

莲台上佛祖的形象似乎更威严了一些,如此,便显得认真,"是否你可以对任何人任何事物低头,唯独不肯对佛祖低头?"

唐僧默然片刻，终于道："因为对佛祖低头就是真的低头了。"

"真假有那么重要吗？"

"很重要。"

"你转世东土，以凡躯赴西天取经，促成佛法东传，整个三界都认为你是在低头。"

"总有人跳出三界外。"

"所有人都认为你是，是或不是还有那么重要吗？"

唐僧于是再说了一遍："很重要。"

这回轮到莲台上的存在沉默了，良久才叹道："何苦？"

不知何时起，唐僧扬起的脸上似也笼了一层佛光，"何人不苦？"

"我不苦。"

"你不是人。"

"当然。我是佛。"

"你也不是佛。"

莲台上的形象终于愤怒起来，声如天雷隐隐："那我是什么？"

"你是佛的影子，佛的傀儡，佛的金身……"唐僧平静地看着他，虽然仰望着，却如在俯视，"唯独不是佛！"

莲台上的存在陷入真正的沉默中。

这沉默并非无言，而是出于恐惧。

因为他明白，唐僧这句话，不仅仅是对他说。

白龙马蹄下一踏，已化作白玉龙穿入殿中。

不等莲台上佛祖说话，他已先开口："我功德圆满了？"

佛祖看着他，目光不见悲喜，"自然。"

"那昏庸的帝君，不会再囚我了？我那愚蠢的兄长，不会再调兵追杀我了？"

"对三界至尊需有敬重。"佛祖不咸不淡规劝了句，又道："你既有此佛法东传的大功德，自是罪孽勾销，此后不会再有麻烦。"

"佛祖不愧是佛祖，掷地有声。"敖烈点了点龙首，以示赞叹，身形一转，"那我走了。"

"等等……"佛祖的声音在身后传来，"你走去哪里？"

"想去哪里，就去哪里。"

"就这样离开灵山，你不怕再被你兄长追杀？"

"我想你误会了一件事情。"敖烈没有回头，"我是很怕。但不是怕他。"

修长有力的龙躯在云间腾跃，他最后只将冰冷的声音留在殿中："我是怕我忍不住，杀了他！"

沙悟净怔怔站在大雄宝殿中，不可思议地看了许久，"我成佛了吗？"

莲座上传来的声音悲悯而宏大："往后你便可修行于婆娑净土。"

我……成佛了。

他在心里这样说着。

一路来经历的艰辛、压抑的情绪，都在这刻有了出口。

泪珠争先恐后挤出眼眶，一颗接一颗地滚落。

但他的表情却庄严肃然，他的手却攥紧了降妖宝杖。

他的声音激动、坚决、洪亮。

"愿为沙门护法，誓死征伐外道！"

此时身在佛土，那么所谓"外道"，自是一切佛外之教。当然也包括道门和天庭。

莲座上的佛祖有些惊异，面上却不露分毫，"佛法慈悲，亦有金刚怒目。虔佛诚教，自然正果可期。"

沙悟净立刻伏于地上，"南无释迦牟尼释迦牟尼佛！"

猪八戒大摇大摆跨进大殿，上宝沁金耙也在肩头摇摇晃晃。

"大家好，好久不见。"他一边走一边对两边的菩萨罗汉打招呼。

"八戒，"莲座上那个宏大的声音这样说，"当初菩萨传你斩七情大法，你亦受戒沙门。怎么一路修行过来，竟还是这副吊儿郎当、浑不吝的样子？"

"哇，"猪八戒好似吓了一跳，猛抬头看着这佛祖，"没想到你有这么多话对我讲！"

佛祖的声音依然宏亮，但也带了一丝寒意，"你胆敢不敬佛？"

"不敢不敢。"猪八戒把头乱摇，眼睛眯在一起，谄笑着，"斩七情也算大法？"

问题十分无礼，但因为他恭顺的表情，又显得真有几分探讨的意义。

那佛祖莲台高坐，自然要为信徒解惑，"灭七情，绝六欲，斩性见我。自是无上妙法。"

"灭七情，绝六欲，斩性见我……"猪八戒一边缓缓睁眼，一边轻声重复着，念到最后，声音蓦地拔高，眼睛已瞪得浑圆，"我是谁？"

灭七情，绝六欲，斩性见我，我是谁！

我是悟能，还是天蓬？

我是取经路上苦行的僧侣，还是天河边上望月的人？

我在寻找我，还是在失去我？

整个大雄宝殿，似都因这一问而隐隐摇晃。

第二十四章 笑天下之可笑者

孙悟空进殿。

他走进大雄宝殿,并不抬头,便已看到了莲座之上。

眸中金光一转,擎棒在手,"妖孽!"

这声暴喝,伴随着他蹬地腾空的身影,骤然炸响。

从他踏下的地方开始,地砖开裂的线如长蛇蜿蜒。而整个大雄宝殿的金光似乎都已聚集在他的长毫之上,于是陷入黑暗。

金箍棒当头落下,仅仅是带起的狂风,就已经将这大雄宝殿撕开。

天光落下,将妖气黑雾照得分明。

唐僧、猪八戒、沙悟净、白龙马于是自幻境中醒来,未及说话,莲台上的那尊佛陀已现出妖身,面目与手中的狼牙棒一般狰狞。

那灿烂铁棒临头,无尽的光刺得他眼涩难忍,手中狼牙棒更无提起对轰的勇气。于是嘴唇急张,大喝一声:"合!"

"咣当"一声巨响,一副金铙从天而降,将孙悟空合在其中。

茫茫的黑暗覆盖一切,他被困在这小小的天地之间。

这金铙的世界中游荡着某种情绪,如游鱼争食般扑向他。

他开始觉得热,于是明白这种情绪名为愤怒。

怒火让他难熬,让他暴躁。

他拔地而起,显出法天象地的神通,而那金铙竟也随之飞长。

他又变小,变得细如芥子,可这金铙也随之缩小,严丝合缝,更无半点空隙。

但他竟平静下来,在这样的黑暗中。

他明白这些愤怒的情绪,都源于他自己,都与他共生。

但他已不是五百年前那个一点就着的暴躁猴子。

五百年的时光,让他学会了思考。

一路西行来的经历,让他懂得了平静。

思考中有世界的真意,平静中有伟大的力量。

有些改变,是为了不被改变。

像猪八戒问的那样:我是谁?

"我是,齐天大圣——孙悟空。"他轻声说,"看我,撞破这天。"

金箍棒在手中如灯花一转,猛地砸地!

棒身拔地而起,以风驰电掣般的速度飞长!

它在水中,便可定海。

它在陆上,便能撑天!

它是定海神针,亦是擎天之柱。

小小金铙,可敢随之,撞到九霄云外,撞破这高渺青天?

整个大殿早塌了,浮云被挤开,罡风被撞散,金箍棒还在飞长!

一道裂响,在那变化成佛祖的妖魔耳边炸开。他脸色变得惨白,眸中尽是惊恐。

金铙,裂了。

孙悟空的身影自那裂缝中跃出,就好像许多年前从那块巨石中跳出一样。

他这一生都在跳,跳出生,跳出狱,跳到这个世界,跳出三界外,不在五行中!

所以他这一跳格外矫健,所以他跃起挥棒的身姿格外英勇。

他和他的金箍棒,是天地间此时唯一的灿烂。

但又有一片白茫茫的世界笼罩过来,这片世界是如此广袤,如此伟岸。无论是山川河流,还是星辰日月,都在这世界的包裹之中。

这片世界合拢。

给人的感觉,就像是整个天空落下,整个大地升起,最终合成了一个口袋。

将孙悟空、猪八戒、沙悟净、白龙马、唐僧,都一股脑装在了其中。

口袋束紧,丢在变化成佛祖的妖魔身前。

但他的脸上却惶惶不安,连狼牙棒也有些拿不稳,颤抖不停。

他默默看着那些菩萨、伽蓝、罗汉显出妖怪本相,将"战利品"抬进后殿。

待所有的妖怪都走净,他才如一摊烂泥般跌坐地上。

心里有一个声音在大喊:"我没有死,我还活着!"

白茫茫的世界中,孙悟空左飞右转,一时看不到尽头。

"这是个什么宝贝?"沙悟净问。

唐僧这里看看,那里看看,嘴里回答道:"东来佛祖的后天人种袋。"

猪八戒本来正拿着上宝沁金耙刨地三尺,嚷嚷着要挖穿这个世界,闻言往地上一坐,"那还是别浪费气力了,这胖子厉害得很。"

唐僧幽幽道:"也没有很厉害,你们胖得不相上下……"

在猪八戒哀怨的眼神中,一个声音在天外响起:"吾乃黄眉老佛,早已修成正果,此处即是小西天。汝等手段不足,礼佛不诚,命里该绝,当由我面见如来,得取真经也。"

猪八戒听出是那妖怪的声音,烦闷道:"乱七八糟,说的什么东西?"

孙悟空恰在此时落地,赤金色的眸子看向白茫茫的远方,仿佛穿透这世界与某个存在对视,"你们让开些,看我破这劳什子人种袋!"

猪八戒连滚了几圈,唐僧、沙悟净、白龙马也都让到一边去。

而忽有雷音滚滚:"孽障!怎敢趁我赴元始法会,偷我宝贝,假佛成精?"

先前那"黄眉老佛"的声音变得惶恐起来:"主人饶命!再不敢,再不敢了!"

不等孙悟空动作,天在远去,地在远去,白茫茫的世界如雾一般消散。

师徒一行出现在偏殿中,一尊大耳方面的佛陀笑眯眯地看着他们,敞袖飘然,芒鞋洒脱,腆着一个大肚,体态不输八戒。

而一个黄眉童子恭顺跪在旁边,手中还攥着一根敲磬槌。

孙悟空仍擎着棒,还未来得及出手,但也没有住手的意思。

他看着这黄眉童子,谑笑着问:"黄眉老佛?"

黄眉童子手中一颤,敲磬槌跌落地面,发出清脆的响声。

弥勒佛祖笑道,"悟空,此番一则是我大意,走失小童;二则是你师徒们灾劫未满,难成正果,故该受此难。我已将这孽畜拿下,你们可继续西行了。"

孙悟空却只是盯着黄眉童子,"不急不急,这灾劫还未了呢!"

弥勒仍然笑容满面,"悟空,他已知错,看在我面上,饶他这一回吧?"

孙悟空上前便是一脚,将黄眉童子踢得撞破偏殿。

不等黄眉童子从跌落的砖石间爬起,孙悟空已出现在他身前,"老孙是否怠慢了你?"

妖气毫无保留地宣泄,直冲云霄。

好似幼树立于倾山下,孤舟浮于怒海中,一道寒气自尾椎骨冲上,黄眉童子面如土色,不敢作声。

弥勒一抖后天人种袋,径将黄眉童子卷入,笑眯眯道:"这孽畜着实无礼,我罚他思过百年。悟空满意否?"

猪八戒在一旁冷哼了声。这童子既进了后天人种袋,无论孙悟空满不满意,又还能怎么样呢?

孙悟空却也笑着,"刚才受我一脚,已坏了千年修为。再思过百年，是否太重？"

"不重不重。"弥勒的确没想到孙悟空胆大至此，那一脚竟暗藏凶险，以至于有此疏忽，但他不但不恼，反而哈哈大笑，"应当，应当。"

脚下升起祥云，弥勒佛祖自往极乐世界而去。从头到尾，他都没有搭理唐僧等人的意思。

猪八戒十分不满，"这胖子还笑得出来？"

"有这样一句话，是说弥勒佛祖的。"唐僧扫了一眼远去的霞光瑞彩，"大肚能容，容天下难容之事；笑口常开，笑天下可笑之人。"

"此言何解？"沙僧闷声问道，"是说弥勒佛祖大人大量，不与我们计较？"

唐僧微笑摇头。

猪八戒明白了，"他觉得我们可笑。"

沙悟净想起自己在幻境中的情状，苦涩道："我的确可笑。"

见几人脸色都不太好，沙悟净忙解释道："只是说我自己。你们当然不可笑。师父佛法精深，大师兄神通盖世……"

他们都清楚，如果孙悟空没有打破后天人种袋的实力，弥勒佛祖也不会这么快现身。

"我们当然可笑。"唐僧打断沙悟净的话，"趁他们还愿意笑。"

"他们的意志无处不在。"猪八戒抬起头，他只有在白天的时候会抬头看天，"他们借黄眉童子之口警告我们，他们要的只是取经顺利，谁去取经并不重要。"

孙悟空龇了龇牙，"可惜我没听懂。"

第二十五章 金银道童

"永生是为了什么?"金角问。

他坐在石椅上,以手支颔,问完,又习惯性地发起呆来。

银角并不理会,只是背着手在洞府里走来走去。

他很焦虑。

尤其是一边走来走去一边自言自语,就显得更为焦虑。

"太顺利了,他们太顺利了。"

"没想到五百年过去了,还有那么多妖魔肯为他死。"

"本来不重要。即使他成了灵山的狗,和尚们也会拴住他。"

"但现在显然……玉帝跟那群光头串通好了。"

银角转到金角身前:"哥。"

过了好一会儿,金角的视线才凝聚起来,投到银角身上,表示询问。

银角捏了捏鼻子:"玉帝想做真正的三界至尊,跟那群和尚眉来眼去,着实可恨。"

"可恨。"金角漫不经心地点头,眼睛又有放空的趋势。

银角立刻直入主题:"我们要让西经取不成!"

金角晃了晃头,让自己集中注意力,"杀了他们?"

"孙悟空是杀不死的。"银角摇摇头,"当初他在斩妖台受刑,刀砍火烧,风割电打,没一寸好血肉,还不是活下来了?"

他神秘兮兮道:"我们也困他个五百年,看那群和尚派谁取经!"

金角于是高兴起来,但他高兴的地方显然与银角不同,"嘿嘿,是啊,那时他真惨。"

银角在金角旁边的石椅坐下,心满意足地叹了口气:"咱们带了这么多宝贝下来,三界大可去得。齐天大圣?哼哼……"

金角摸了摸石椅扶手,忽然问道:"大老爷当真想争么?"

他似这时才真正反应过来,但银角早已习惯了这种迟钝。

"圣人无为,天下大治。大老爷当然懒得争。"他解释道,"但大老爷不得不争。不然这天下即便大治,又算是谁的?"

"你聪明,依你。"金角于是再一次发起呆来。

风把云吹来的时候,孙悟空正在树上发呆,竟没有注意到云上站有两个妖魔。猪八戒懒得翻身都不愿,即使注意到了也不会理,仍在与睡魔拉家常。

所以银角很是生气,"哥,我们好像被无视了。"

但金角也在发呆,因而他没有得到任何回应。

银角于是大喝一声:"那几个和尚!"

好在沙悟净是个实在的,当即提了降妖宝杖在手,护在唐僧身前。

"聒噪!"猪八戒被吵醒了,十分烦躁,随手抓起一耙,一耙砸下!

人还侧躺着,耙已从天而降。

那明晃晃的九个钉齿自云间啸落,寒芒如雪。

银角嘴角仍噙着冷笑,七星宝剑自腰侧而出,以剑相迎。

只电光火石般一接,银角连人带剑被砸落云端,一路直坠,在地上也印出一个深坑来。

金角这时才从发呆状态中回转过来,只是仍呆愣愣的,似不知发生了什么事。

一个咬牙切齿的声音自深坑中传出:"天蓬元帅?"

猪八戒坐起来伸了个懒腰,才施施然道:"正是老猪!"

话音方落,已身化流光,直投那深坑而去。

在沙悟净震惊的眼神中,银角从深坑中爬出,衣衫破裂,毛发沾土,唯有脸上仍带着得意的笑容。

他用力摇了摇手里的紫金红葫芦,嘲讽道:"不过如此。"

孙悟空将百无聊赖时摘下的树叶吹远,才从树上跳下来,他一步正好跳到地上的银角和云上的金角中间,"两个小妖,口气倒不小。"

金角自云上低头,"你也喜欢发呆?"

他又自答道:"是了,不发呆,怎么忍受痛苦?"

"我们都需要放空自己啊……"他这样说着,"你在斩妖台的时候,我看着你受刑……看了很久。"

他又问:"你那时为什么没有放空自己?"

就连沙悟净都皱起眉头来,眼里有些怒意。观察斩妖台上的酷刑很久,这是一种怎样的病态?

孙悟空却浑不介意地回道:"因为痛苦不应该被遗忘。要清醒地感受,牢牢地记住。"

"我跟你不一样,我偶尔发呆,只是因为我想发呆。仅此而已。"孙悟空随意地补充了一句后,便转头看向站在土坑边上的银角,"把我二师弟放了吧,不然你会死得很难看。"

他的声音很平淡,一点也不重,也就不像是威胁。

因为他只是在陈述一个事实。

"哈哈哈哈哈!"银角笑了起来,"我认识你。"

"我很早以前就认识你。"看着孙悟空毫不惊讶的表情,他补充道,"不止五百年。"

沙悟净出声道:"三界谁不认识我大师兄?"

银角却不理会,仍是看着孙悟空道:"在你还是一块石头的时候,我就见过你。五百年前你闯进兜率宫,我是烧火的童子。我已经做了几万年的烧火童子。你却已经从一个妖猴,变成了齐天大圣。"

"五行山压了你五百年,也让我平静了五百年。"银角的声音变得有些激动,"但五百年后,你竟又要成佛了!而我,仍是个烧火的童子!"

"凭什么?"他问,"难道有人生来便要烧火吗?难道有人生来就注定天地纵横、成佛作祖?"

"你能这么问,很好。"孙悟空静静听他说完,才道,"凭你这个问题,我不杀你。去吧,带着你的问题,去找你的答案。"

"不杀我?你凭什么?"银角愤怒非常,"被压了五百年也没压掉你的气焰?你还以为你纵横无敌吗?"

银角怒吼:"孙悟空!"

孙悟空平静地看着他:"你爷爷在此。"

一股无形的力量将孙悟空整个笼住,一同卷作流光,直入打开的紫金红葫芦中。

"哈哈哈哈哈。"银角满意地盖住紫金红葫芦,"也是一个蠢货!"

沙悟净心惊不已,但也毫不退缩。径自持着降妖宝杖,如老僧撞钟般撞向银角。

这一撞,不在于力。而在于日积月累,习以为常。因为如此习以为常,所以撞上对手也是理所当然。

这一撞避无可避,银角却毫不着急,身形不动,便连剑也不出,只冷笑一声。

云上金角手指一抖,幌金绳脱手而出,如金蛇夭矫,将沙悟净捆了个结实。

沙悟净连人带杖被捆住,在冲锋的半途轰然坠地。

唐僧抚了抚白龙马,示意他不要躁动。

看着金角与银角，双手往后一背："来绑吧。"

一路行来，他也不知被绑了多少次，已然非常熟练。

第二十六章 永生之波澜

孙悟空投入葫芦中，只见得一片茫茫碧海。

眸中金光一闪，便见到海中一只倒立的九齿耙，猪八戒正坐在齿背上，百无聊赖地随波涛起伏。

"啊，你也进来了？"他笑着挥手招呼。

孙悟空跳到海中，滚了两滚，权为洗尘。"你倒是很悠闲。这个姿势又是什么修行法？"

猪八戒面容古怪地看着他，"这水销金蚀铁，任是什么，一时三刻也尽化了。"

"慌张什么？"孙悟空嘿然一笑，"连老孙一根毛也未化去。"

"不及你金刚之躯，我怎敢小瞧？"猪八戒扫视一周，"这可是兜率宫里的宝贝！"

"道祖？"

"我领天蓬元帅，受的就是三清符诏。我这上宝沁金耙，也是道祖炉中炼出来的。我怎会认错？"猪八戒耸耸肩，"这是先天宝贝，与天地同源。我们一时难得出去。"

孙悟空翻身仰在碧波之上，任自浮沉，双手枕于脑后，"那你怎么一点都不着急？"

猪八戒咧嘴笑了，"你不也正悠然自得？"

之前拦路的虽也多是三清门徒，但没有一次像这样，道祖的痕迹如此明显。就连兜率宫里的宝贝都出来了几件。

佛法东传是佛土当前的头等大事,可三清大教又怎会容忍信仰被掠夺?

这紫金红葫芦一出,孙悟空和猪八戒就有足够的理由被困住。而佛土那边,当然不会眼睁睁看着取经之行功亏一篑,必有后手。

放眼三界,还有什么比道祖与佛祖斗法更精彩?

紫金红葫芦放在莲花洞里的石台上,银角仔细地盯着葫芦,已经盯了许久。

他只能看到葫芦光滑的表面,看不到葫芦里的情形,但他却看得津津有味。

"你说孙悟空闯地府,闹天宫,举旗反天……经历过那么多精彩的故事,他快乐吗?"

小妖都在洞府外看守,金角如往常一般靠在石椅上发呆,所以他问的是唐僧。

"往往痛苦才令人印象深刻。"被捆得像粽子一样的唐僧说。

在他旁边是和降妖宝杖捆在一起的沙悟净。

"啧啧啧啧。"银角盯着葫芦摇头,"如来把孙悟空压在五行山下五百年,我也将用这葫芦困住孙悟空五百年。这说明什么?"

他有些得意,这是否是与佛祖同等的风光?

唐僧极不情愿,"说明我会老死在这个破山洞。"

"欸?"银角终于移转视线,"有没有可能你猜错了?"

"或许在老死之前……你想提前吃了我。"唐僧眨了眨眼睛,"我很久没洗澡。"

"哈哈哈。"银角笑了起来,"跟你说话真有意思,不像我哥,就会发呆。"

"以前我也喜欢发呆。"唐僧叹了口气,"在佛祖讲经的时候。"

银角来了兴趣,"你们大乘佛教规矩也那么少?爱听不听?"

唐僧以看傻子的眼神看着他,"你以为我为什么会在这里?"

"噢,金蝉子……"银角点点头,看了石椅上的金角一眼,又转回来,"我们从有意识开始,便在兜率宫烧火。所以,有人天生就是要烧火的,你同意吗?"

"人间有句话,'信则有,不信则无。'"唐僧说,"我同意这句话。"

他好像回答了,又好像没回答。

他同意的可能是"信则有,不信则无"这句话,也有可能是"有人天生就要烧火"这句话,取决于银角自己想要听到哪一句。但这种态度,本身表达的便是"信则有,不信则无"。

银角抚着下巴,好像若有所思,但突然暴怒起来,狠狠一脚踢在唐僧头上,"死秃驴,这么能说!"

唐僧应声倒地,生死不知。

"师父!"沙悟净挣扎起来,但幌金绳纹丝不动。

"哎呀,怎么就动手了?"银角摸了摸自己的独角,好像在给它顺气,"银角啊,以后切不可如此暴躁。"

这时金角起身了,他似乎介于半醒半迷的状态,脚步轻飘飘的。走到沙悟净面前时,突然快速说道:"有一个女仙因为你被锁在仙狱。"

沙悟净的挣扎瞬间停止,抬起头震惊地看着他,"你怎会知道?"

"她的名字叫彩云。"金角说。

"哥!"银角又惊又怒。

金角有些微怔,似乎在思考,"他如果连她的名字都不知道……就太无趣。"

银角气道:"这条线不该这么早用!"

"彩云。"沙悟净重复了一遍,郑重说道,"我不会忘记这个名字。"

"他娘的我管你！"银角面露暴戾，狠狠一脚踹在沙悟净身上，将他踹得直直撞到洞壁之上再砸落地面。

他紧紧闭上眼睛，用手轻轻摸了摸自己的独角，"银角，须对你哥尊重。"

于是他睁开眼睛，尽量平静地看着金角，"你发什么疯？"

"难道有人生来便要烧火吗？难道有人生来就注定天地纵横、成佛作祖？"金角一边回想一边说，"你问那个问题，只是为了把孙悟空骗进葫芦吗？"

银角愣了一愣，旋即表情变得很可怕，"如果不是道祖，我们连烧火的机会都没有。"

金角打了个哈欠，"我突然觉得好无聊。不想继续。"

银角顿觉不妙，伸手去拔剑，但却在腰间摸了个空。

金角以他难以相信的速度，先一步拔出了他腰间的七星宝剑并狠狠贯入他的心口！

"银角，你这便死了。"银角又摸了摸自己的独角，喃喃自语。

然后才瞪大了眼睛看着金角，"为什么？"

金角缓缓抽出七星宝剑，"你聪明，你先死。"

七星宝剑乃非凡之器，贯入心口的瞬间银角便已经死去，支撑着他说话的只是一股意志。随着七星宝剑拔出，银角便身化光点而散。

金角走到石台前，将紫金红葫芦打开，两道流光冲出葫芦落入洞中，孙悟空和猪八戒扫视一周，几乎同时出声。

"你就是如来老儿的后手？"

"你想做什么？"

金角勾了勾手指，幌金绳化作一缕金光飞到他手上。

沙悟净从地上爬起来，"你怎么知道彩云的事？"

金角却一句也不回答，只是叹道："永生的生命若毫无波澜，永生便是一副枷锁。"

他看了看手里的七星宝剑，有刹那的失神，"他解脱了，我还没有。"

他回过神来，手指在石台上划过，紫金红葫芦、羊脂玉净瓶、芭蕉扇……

"这里有五件宝贝，你们说我能不能……"说到此处，他忽然翘起嘴角，"大——闹——天——宫？"

话音刚落，他挥袖收起五件宝贝，直直撞破洞顶，冲天而去！

第二十七章 杀身求道

这变故实是突兀，一行人未及反应，金角道人便已斩了银角离去。

骤听狂悖之语，猪八戒大惊仰头："他想干什么？"

一声幽幽叹息自地上响起："或者疯狂，或者入灭。他选择了后者。"

沙悟净转头看去，又惊又喜："师父，你没事啊？"

"为师若不装晕，等着银角那个脑子不正常的踢死我么？"唐僧没好气道，"先给为师松绑啊你！"

沙悟净这才反应过来，手忙脚乱去解他身上的绳索。

孙悟空只是静静地看着洞顶被撞破的窟窿，那一瞬间谁也不知道他在想些什么。

一道冲霄清光自平顶山莲花洞而起，一直冲到了南天门！

"来者止步！"值守的增长天王怒喝出声，但金光一闪，他已连着法器被牢牢捆住。

甫一照面，便已束手。金角将手一招，拿住芭蕉扇左右猛扇，霎时狂风大作，将还未来得及反应的天兵天将扇飞至万里之外！

整个南天门顿时一空，只有残甲散落，云海涌波。

金角一脚将增长天王踹晕，也不言语，收了幌金绳径往灵霄殿方向而去。

一路上遇见拦路的便扇，遇着扇不动的，便以幌金绳捆住。仗着宝贝在天庭一路横行，金角脸上也渐渐挂起了笑容。

"真正有本事的，都不出来。"

"凭这些酒囊饭袋，怎么高高在上？"

他想着，"芭蕉扇倒是好用，这原是扇火的道行……"

他笑容顿敛。

他故意违背令旨，执意要做精彩的事。他要开始他真正的一生，哪怕这一生因此而变得短暂。可是他突然发现，他并没有跳出那个地方。

他的一举一动一言一行，都带着兜率宫的印记。抹不消，去不掉。哪怕他将芭蕉扇用得出神入化，也不过是无数岁月中扇火扇出来的道行。

这天庭他来过许多次，早已轻车熟路。天庭里的每一位仙人，都不敢怠慢他。

但他明白，仙人们的尊重不是给予他，此刻的畏惧也不是给予他。那么他和兜率宫道童的身份本身，又有什么不一样呢？

金角银角铜角铁角……谁在乎？

转一处楼阁，陡觉肃杀之气冲面。二十八宿星君各持法兵，正严阵以待，独奎木狼按刀在前。

他之前被贬到兜率宫帮忙烧火，带俸差操，与金角也算相熟，故上前叙话。

"金角童子，往日在兜率宫相见，你倒也知礼识情。"奎木狼嘴里叙着话，眼里的冰冷却毫不遮掩，"今次怎么，魔孽欺心？"

新补入的昴日星君更是手持法器，跃跃欲试，"小小道童，也来天庭寻死么？"

他刚刚入职星君之位，正是志得意满之时，自觉天庭横压三界，难得有宵小犯上，故而想要表现一番。若不是顾及星位座次，早已抢着出手了。

金角并不搭话，举扇便是一下，狂风乍起，怒卷而至。

昴日星君顿时手中一松，本命法器须臾无踪，但他却来不及计较，若非柳木獐星君及时探手，他早已被扇飞。

金角面无表情，翻手又是一扇。

狂风席卷云海，四处呼啸。但忽有盈盈清光散发，顿时风停云住。

奎木狼左手举着一颗清光大放的宝珠，右手拔出宝刀，"仗几件宝贝便来闹腾？是你自己跪下认罪，还是我押你去斩仙台？"

金角从南天门一路直闯，仗着宝贝挡者披靡。二十八星君列阵拦截，自然早有准备。

先时不动，只是特意让金角挫一挫新任的昴日星君锐气，免他初登尊位，自以为是，不晓尊卑之序。但星宿大阵缺一不可，故也不能让昴日星君真的被解决了。这其间分寸，非为仙多年不足以把握。

只是，这到底是高洁之仙界，还是污秽之人间？竟是为仙，还是为官呢？

金角漠然地看着眼前这一幕，散漫的目光渐渐凝聚，他终于回过神来。

芭蕉扇被定风珠克住。一根幌金绳，如何捆得住二十八位星君？至于紫金红葫芦和羊脂玉净瓶，星君们已知奥妙，当然不会应声，便是无用。

在所有人看来，金角已是穷途末路。

但他却笑了。

很开心、很满意、很快活地笑了。

"往日里你们对我敬重，是看在道祖的颜面。今次这么多仙将来拦，也是因为道祖的威风。"

金角笑着，"我知道，所以我不服。"

"我的弟弟银角曾经问，'难道有人生来便要烧火吗？'"金角将幌金绳系为腰带，将芭蕉扇悬在腰间，"他不舒服，但是他服。我也不舒服，并且我不服。"

"每天烧完火、做完道课后，我都在练剑。"金角按住了左侧的七星宝剑。

"仗着宝贝一路横扫，你们不会记得我，只会记得兜率宫的宝贝。"他始终笑着，"现在，你们要记住我。"

"练剑数万年，一朝动雷霆。"金角拔剑而起，"便请诸星君……试剑！"

声落而剑出，明光折空，云纹裂隙。一剑四方摇动。

剑如神龙夭矫，奎木狼堪堪举刀，剑光已绕他而过，瞬息便穿入二十八星君阵中。

亢金龙以独角相抵，却被一点寒光撞上。金角抽剑便转，又分刺心月狐、翼火蛇。昴日星官雄鸡一唱，七星宝剑顿起铿锵剑鸣。

金角御剑如雷霆经天，折转往复，快绝煊赫。

诸多星君围攻，竟也一时奈何他不得。

"堂堂天庭战将，拿不下一个烧火童子？"角木蛟勃然大怒，按捺不住，探爪而至。

他是二十八星宿之首，在星空为苍龙之角，乃斗杀之首冲，是二十八星君中最强者。

这一爪起势寻常，但却毫不费力追上了七星宝剑的速度，落时已至金角面前。

金角横剑而拦，借势便退，奎木狼又合身扑上。

又有井木犴挥剑南来，斗木獬举枪北至。

东南西北第一宿同时出手，顿时杀机纵横，这天上仙境也似起阴云。

二十八星宿大阵乃天庭横压四方之战阵，伟力至深。有此阵加持，其间星君战力何止倍增？又兼四面周转，八方贯通，聚力于一，杀机森然。

"好杀阵!"金角振剑而鸣,仰天长啸。

生死何足一论?

他要杀,以杀对杀。杀身求道,杀人亦杀己。

这一剑,以至亲弟弟银角血肉为养;这一剑,以万万年郁结为锋。

这一剑,他要在天庭亘古的岁月中,斩出他金角之裂痕!

他要以这至高天庭,成就他不灭的名声。他要这三界,都记住他的一生!

但!

不!金角几乎同时与角木蛟惊怒抬头,但见一道白惨惨的光从天而落。

它来得不快不慢、不缓不急,但只在看到它的瞬间,便已被它笼罩。

无论刀枪剑爪棍棒,均一荡而空。二十八星君东倒西歪,阵型不复。

那白光化作一个圈儿,将正纵剑的金角套住。

与此同时响起的,是一个淡漠高渺的声音:"孽障,如何敢惊扰圣驾?"

声在天外,却遍传仙界。

角木蛟第一个爬起,却不发一言。奎木狼这才发现,那阴云并非杀机所聚,而是金刚琢无声染落的惨白!

当年齐天大圣何等威风,也被此琢打了个晕头转向。

金刚琢既现,自然是道祖出手。

仿佛只过了一瞬,又仿佛过了许久,才有一道同样淡漠却更显威严的声音自灵霄宝殿传来:"无妨。"

天外的声音不再响起,只是白光一转,二十八星宿被收去的那些兵器纷纷落下,堆成一团。无论愿与不愿,金刚琢套着金角腾空而起,径投天外。

灵霄宝殿空空荡荡，并无文武列阵。

王母端坐凤椅，凤眸含霜："这是警告么？"

玉皇大帝高坐宝位，并不言语。唯有平天冠前的珠帘微微摇动。

天有三十三重，离恨天为最高。

兜率宫亘古不变，八卦炉丹火永燃。

八卦炉前有两个蒲团，金角跪坐在左侧蒲团上，照看炉火。

道祖将他摄来，没有言语。但沉默的兜率宫、安静的八卦炉、喋喋不休的银角，这不变的一切，都在说一句同样漫不经心的话——"闹够了？好好烧火。"

好像永恒无言的命运，却永远无法抗拒。

银角本已经死了，死在他的剑下。银角若不死，他不可能掌控那五件宝贝，也不可能任性这一场。

但银角现在还活着，活得分毫无损。这自然是道祖的神通。

金角自然而然地跪坐在八卦炉前，因为他也是兜率宫亘古不变的陈设之一，是烧火的童子、炼丹的布景。

银角转出宫门，又转了进来。

"哥，"他好像一点也不计较金角杀了他，只是笑道，"你真无聊。"

但金角并不理会，只是愣愣地看着炉火，发起了呆。

因为不发呆，他不知该怎么打发这漫长的时间。

银角摸了摸自己的独角，"银角啊银角，你别怪你哥，他一直都蠢。"

银角摇头晃脑了一圈，又开心起来。

第二十八章 三灾圆满,重返灵山

回头遥望平顶山，贯通天地的那道清气已然散去。

孙悟空挠了挠后颈，"想不到如来老儿的后手，竟是金角。"

唐僧竖掌于前，"佛家最擅摇动心门，一点点不甘，一点点寂寞，就足以打破清净。"

他看向孙悟空的眼神含着提醒。

孙悟空轻轻颔首。

修行便是修心。

猪八戒略有些怅然地叹道："没想到兜率宫里烧火的童子，也会被佛祖掌控。"

他当初受领三清符诏，本身是天庭最具权位的元帅之一，一向视佛教为外道。如今不得不向佛教靠拢，一路西行，见识了佛教层出不穷的手段，心底的轻视早已被抹平。

唯有沙悟净神光内敛，不动声色。佛教愈强，他能借的势就愈大。

"不是掌控。"唐僧摇摇头，"金角银角拦路，真的是道祖的意思吗？又或者，是他们自以为的意思？"

"那些宝贝可都来自兜率宫！若非道祖默许……"猪八戒说到一半，忽地顿住。

他想明白了。如果真是道祖的意思，一个小小的金角童子，又怎可能扭转局面？

从始至终，道祖都不曾有过明确的态度。只是在关键时候轻轻拨转，让一切走向正常。

"那么，道祖到底想做什么？"猪八戒问。

"如这等存在的意图，我们猜不透，也不必去猜。"唐僧又摇头，"不用想别人要做什么，只需问自己，你要做什么。"

"我要……做什么？"猪八戒沉吟片刻，方抬头咧嘴一笑，"老猪明白。"

坚定自己所思所想，并勇敢前行。这从来与其他无关。

如果前面是刀山，是火海，佛不许，仙不让。

你要怎么样？

我还是要前行。

沙悟净也在问自己，如果成佛之后，还是寻不到佛土与天庭相争的契机，找不到复仇的机会，最后会放弃吗？

他知道答案。

"大师兄，"他问孙悟空，"金角有可能像你当年那样吗？"

他没有说出那件事，但三界无人不知此事。

五百年前齐天大圣大闹天宫，威名至今仍在三界传颂。

"当年？"孙悟空微微仰头，"当年我一只孤筏渡大海，九死一生觅仙山，修得法力无边、神通无量，才打出了齐天大圣的名头。"

"我不曾倚仗谁。"他平静地笑了笑，"他就凭几件兜率宫的宝贝，怎么可能？"

唐僧拊掌而笑。

"既然金角登天，大概已前路无阻。"猪八戒说，"西天灵山，该到了。"

说这话的时候，他表情很平静，所有的触动都深埋于心。

沙悟净摩挲杖柄，"该到了。"

白龙马扬蹄而起，一声长嘶，说不出的畅快！

佛法东传是佛教大业,既有天庭相助,道祖又似无意阻挠。自妖魔一战而溃,放眼三界,再无势力能阻止取经。

所谓三灾九劫,如是圆满。

师徒一行夜宿日行,又经半月。忽见一带冲天高楼,傲然耸立;檐接云屏,窗吞日月;黄鹤彩鸾,乘风御空;紫芝仙果,或妆山道。

"这里好生气派!"沙悟净眺望一阵,"只是,灵山脚下,怎么是一个道观?"

猪八戒挺着圆肚上前,看了看匾额:"玉真观!"

他若有所思道:"玉清者,三清正位,元始天尊……"

正议论间,观门推开,一个身披锦衣、手持玉麈的道士走出:"来的可是东土取经人?"

唐僧下马见礼:"有劳金顶大仙相迎。"

"倒被观音菩萨唬了。"金顶大仙笑道:"原说取经人二三年便到,不意等了十余年。"

唐僧合掌道:"山长路远,又灾劫不断。如今我肉体凡胎,是以累了岁月。"

金顶大仙摆摆手:"你既已到福地,得见灵山,我便去也。"

话毕,踏上一只黄鹤,须臾穿云便远。

"怎么就走了?"猪八戒摸不着头脑,"他这道观也不要了么?"

唐僧摇摇头:"以后大概不会在了。"

猪八戒恍然大悟:"这原便是一个指点灵山的小道衙么!"

先前道教独据东土,自然凌于六合。这番西行功满,佛教向三界展现了足够的实力。此后佛法东进,道佛并立,再无高低。

这种小道衙,自然也就失去了存在的意义。

孙悟空嘿然一笑:"此消彼长,希望牛鼻子们很愿意。"

"至少我很愿意。"沙悟净说。

"既然观主都溜了……"猪八戒大步抢进观内,"老猪自去寻些吃食!"

"便在此歇息一晚。"唐僧看着远处祥光五色、瑞彩千条的高峰,"等上了灵山,便再难好眠了。"

一夜无话。

第二日,唐僧洗漱过后,头戴毗卢帽,身披锦襕袈裟,手持锡杖,施施然出了门。眸如星辰,鼻似远山,身形颀长,玉面莹光。

猪八戒嬉笑道:"师父莫不是迎亲去?这般正容诚心!"

唐僧却不计较,只微笑着,"我得让他们看清楚,我是怎么走回来的。"

是啊,整个灵山,亿万佛子,都会看着他。

看着他以肉体凡躯,跋山涉水;看着他走了十世,走回这里。

踏上灵山山道,不到五六里,便见一道八九里宽的激流。水岸有一匾,匾上端端正正写着:凌云渡。匾旁便是一架独木桥,跨水而过,桥下波涛冲撞,十分凶险。

猪八戒撇了撇嘴:"已在灵山了,这要是没走稳摔下去,十分现眼。不如飞过去吧?"

孙悟空屈指给了他一扣,"你倒是能飞,师父怎么办?"

猪八戒嗤之以鼻,"他还怕没人管?这可是他家。指不定就有老相好等着哩!"

唐僧并不回击,只看着水中道:"有渡船来了。"

众皆望去,一只无底船渡水而来,船上僧人面目悲苦。

孙悟空瞧着他冷笑:"哭丧个脸给谁看?"

悲苦僧人只看着唐僧,"上不上船?不上我便走了。"

"当然。"唐僧笑着,"十万八千里,最后一步了。怎能不上?"

他一步踏上无底船,却跌入水中,被悲苦僧人一把捞起放好,这才稳当。

自到了灵山,沙悟净便愈发沉默,只牵着白龙马上船。

孙悟空与猪八戒也不多说,都跳上船去。

悲苦僧人撑开长篙,无底船离岸,一具死尸顺流而下。

细看其面容,端俊非常,与唐玄奘一模一样。

"是我。"唐玄奘双掌合十。

一层莹莹的光自他而散,将整个凌云渡染得缥缈起来。

第十世于此死去,凡胎得脱,再证菩提!

悲苦僧人撑着船道:"可喜可贺。"

唐玄奘挑眉:"何喜之有?"

悲苦僧人道:"生老病死离别苦。红尘业火,因果焚身。一朝得脱,如何不喜?"

唐玄奘只诵道:"人世如苦海,我仍在孤舟。"

这船虽然无底,在水中却既稳又快。有如离弦之箭,片刻便至彼岸。

一行人上了岸,再回头时,悲苦僧人身影已经不见。

"这和尚什么来头?"猪八戒问。

唐玄奘笑笑:"那是接引佛祖。"

猪八戒一惊,"原是西方极乐世界教主,阿弥陀佛!"

这一声"阿弥陀佛"并非佛号,而是佛名。西方极乐世界,便是他教化而成。

孙悟空斜乜着他:"见未来佛祖弥勒佛时,没见你如此激动。"

猪八戒微微垂眼:"我怎么看得到未来?"

孙悟空于是沉默。

接引佛祖悲苦相,未来佛祖欢乐相。

仙佛也知悲欢,却亲手切断那么多未来!

"会看到的。"唐玄奘抬头看向雷音古刹,"我们去见如来。"

横三世佛中,释迦牟尼是中央娑婆世界之主,接引是西方极乐世界之主,药师佛是东方净琉璃世界之主。

纵三世佛中,释迦牟尼是现在佛祖,弥勒是未来佛祖,燃灯古佛是过去佛祖。

无论空间或时间中,都以释迦牟尼佛最尊。

他的法身是大日如来,虽则其他佛祖也有宝光如来、定光如来、药师如来等等称号,但三界之中,若单独提到如来,则必指的是释迦牟尼佛,可见其尊荣。

孙悟空笑了:"佛也不平等,自有高低之分。却哄什么众生平等。"

"道也有言:'天地不仁,以万物为刍狗。'"唐玄奘边走边道,"众生皆蝼蚁刍狗,自然平等。"

孙悟空看着雷音寺,唐玄奘看着他。

"仙佛哪有区别?"唐玄奘说道,"他们说的是众生平等,可他们从不认为自己是众生。"

五行山下第一次见面时,唐玄奘说过,"我很懂他们。"

这并非虚言。

灵山上的无数岁月,他将仙佛的面目看了一遍又一遍。

当他殿前论法,雄辩受惩,是因为什么?

当他被打落尘埃,历十世再一次身证菩提,又是为了什么?

都说蚍蜉撼大树,可笑不自量。

可如果这蚍蜉已经自知、自量过呢?

如果这蚍蜉明明知道结果,明明知道彼此的差距呢?

可笑,还是更可敬?

无望的冲锋,坦然的败局。

有的人,因为无知而勇敢;有的人,因为了解而伟大。

第二十九章 金箍当头

佛境风景与仙境风景各有千秋,猪八戒一路且行且看,但见秀峰参差里瑶草琪花,曲径通幽旁仙芝碧兰。白鹤青鸾,自得其乐;彩凤碧鸳,恣意云间。有蕊宫珠阙,照映宝气;宝阁珍楼,放尽霞光。

无数善士优婆,立于青松翠柏间;又有金刚护法,守在宝塔雄殿前。

"这便是西天?"

猪八戒自问自答:"这便是西天。"

"无论仙境佛境,都是好风景。"孙悟空吃吃地笑了,"仙佛清心寡欲,岂不浪费?"

他环顾四周,"都说妖魔穷奢极欲,可住的却多是穷山恶水呐!"

唐僧自去雷音寺山门外,对四大金刚道:"东土取经人到了。"

那金刚入寺禀告,山门二门转三门,重重通禀。

极穷繁复之礼,尽展威严之气。

等得孙悟空不耐烦时,终于一声佛钟响,召集菩萨金刚、罗汉伽蓝。佛旨又层层传出,宣于山门前。

"请取经人入殿!"

终于到了这一步,终于走到了这里。

西行路,苦吗?

双腿丈量十万八千里,一路跋山涉水,渡劫逢难。进则举步维艰,退却无路可退。

当然苦。

可除了那头贪吃嗜睡的猪,却也没有谁抱怨。

因为这是他们选择的路,倒也只能倒在路上。

而在猪八戒那张嬉皮笑脸的面具下,又何尝不是一颗千劫不灭的心?

唐玄奘掸掸衣袖,拄锡杖大步前行。

灵山一步一景,他尽烂熟于心。这是令他疲惫不堪之地,也是他朝思暮想之所。走遍人间之后,再来看灵山。

灵山如故否?

孙悟空跟在唐僧身后,走进大雄宝殿,昂首看着那尊佛陀。

又……再见了。

高高在上的佛祖啊,翻手便是五指山,一张佛帖压了他五百年。

再后来,那瘫软在大雄宝殿上的六耳,他亲手挥下的金箍棒。

如今再见,却是他孙悟空,要成佛。

佛常说缘法,这缘要怎么论?

天和地,好像都远了。

他仿佛还在那条嘈杂的大街上,他还是那只孤零零的小猴子。

那些菩萨、金刚,都是喧哗的看客。

他看着莲座上那个耍猴人,等待着他的食物或指令。

当年那只孱弱的小猴子,是怎么做的呢?

记忆是如此久远,他竟一时想不起来。

一只猴子,在灵山上、大雷音寺里、大雄宝殿中,思考。

这样好笑的画面,却没有任何人笑,只有佛祖那宏大的声音在整个灵山滚动:"金蝉子取经有功,东传佛法,再证菩提,加升大职正果,为旃檀功德佛!"

"孙悟空降妖伏魔,全始全终,加升大职正果,为斗战胜佛!"

唐玄奘在沉默，孙悟空在思索，都没有异议。

如来脑后的金光一时都好似柔和了些，"猪悟能，身入畜类，但记爱人身。六根不净，却挑担有功。加升汝职正果，敕做净坛使者！"

"不妥吧？"猪八戒呵呵笑着，"怎么他们都成佛，我却只是个劳什子净坛使者？"

"你向来贪吃，在玉真观里也吃个不停。如今凡诸佛事，教你净坛，乃是个有受用的品级，如何不好？"如来笑容不改，又洪声敕道，"沙悟净幸归沙门，一路勤恳诚敬，加升大职正果，为金身罗汉！"

滚滚雷音震得猪八戒作声不得，如来又道："敖烈甘为佛马，负重东来，跋山涉水，加升汝职正果，敕做八部天龙！"

一团金光托住白龙马，径投灵山后崖化龙池中。白龙马在池中滚过，毛皮褪，头角隆。玉鳞换金鳞，腮颔生赤须。一身氤瑞气，四爪腾祥云。

敖烈空中一转，忽而怒不可遏："金光闪闪很好看么？给老子染回来！"

灵山骤静。

又一团金光将敖烈缠住，任他空中百般挣扎不脱。如来依然笑容慈悲："敖烈天资卓颖，吾甚爱之。往后便养在八宝功德池，自有福报绵延。"

殿内诸菩萨罗汉皆赞："我佛慈悲！"

敖烈怒不可遏，却被封住口舌，不得言语。只将一双渐红的眼睛，死死盯住如来。

"灵山势压三界，并举灵霄，尊驾还少座宠？"猪八戒激动得上前两步，上宝沁金耙在地砖上拖出响动，他偏头看了一眼空中的敖烈，却又软了语气，"敖烈一时失言，不至于此。"

如来不言。

早有侍者迦叶上前，戟指怒斥："佛旨金言，岂容你一个小小的净坛使者置喙？"

大雄宝殿与灵霄宝殿一般雄奇巍峨，玉皇大帝与如来佛祖一样高高在上。

"这劳什子净坛使者！"猪八戒将上宝沁金耙提到身前，"当老子稀……"

孙悟空仿佛才从思考中被吵醒，他一手按住猪八戒，抬起那双冷漠的眸子，看着如来，"你，做什么？"

他的声音很平静，可他金色的毫毛却在颤抖。

他只是抬起了眸子，可他瘦小的猴躯仿佛却要撞破穹顶。

孙悟空并没有看他，但迦叶仍下意识后退了一步。

他在如来身前，如来就在身后。

迦叶回过神来，恼羞成怒："斗战胜佛！"

他大喝："你是谁？"

说的是你是谁，问的却是你想成为谁。

还想做妖魔吗？被神憎鬼厌、仙佛镇压？

还想成为囚徒吗？孤独地再镇五百年，或许更久？

迦叶又看向猪八戒。

还想在畜生道徘徊吗？

还想过永远不敢抬头的日子吗？

唐玄奘走上前，将几个弟子挡在身后，开口道："敖烈性情刚烈、恣意四海，八宝功德池虽好，恐不适于。"

如来注视着自己曾经的二弟子转世，点点头。"如此，是本座思虑不周。"

他的视线落在空中犹在挣扎的敖烈身上，"既然性情过烈，便需好生教化。"

他移动视线，看向山门里那根华表柱。

敖烈身上的金光骤然大放，卷住他径直投去！敖烈拼死挣扎，龙鳞炸起,却仍无可避免地被按在了华表柱上,定定盘绕!

满殿沉默。

猪八戒气得手里的上宝沁金耙都在抖。

唐玄奘轻轻按住上宝沁金耙,回头看了孙悟空一眼。那一眼是求恳,是忍耐,是鼓励。

他转头再对着如来,深吸一口,合掌道:"我从今起修闭口禅,功若不成,再不开口。"

"金蝉子,何必如此?"如来俯视着他,笑道,"众弟子中,以你天资第一。往后好生修行,必有所成。"

唐玄奘引着沙悟净到罗汉座前,又自归了佛位。

一个修闭口禅的旃檀功德佛,一个从来寡言的金身罗汉。

孙悟空和猪八戒转身离殿。

迦叶得意的声音还在身后招摇:"八部天龙往后盘绕山门中,常于佛前听法,当是受用无穷!"

走在佛境中,挥不去佛唱萦耳。

孙悟空垂下了手,手里拿着一圈金箍。

西行功满,成佛之后,观音菩萨用以束缚他的紧箍儿自然便无用了。

他将金箍捏作一团,金汁从拳缝流出,沿山路滴落。

"束缚我的,难道是这区区箍头之痛么?"

第三十章 三界争杀，武周代唐

冬去春归，寒来暑往。

岁中不知时，天地忽已暮。

西牛贺洲一处无名孤山，山顶有一小院，推开轻掩的院门，可以看到一方石台正立于院中。

石台上，一只瘦小的猴子盘腿而坐。

岁月将石台抚摸得十分光滑，猴子长长的绒毛也柔软而温顺。

一点都不可怕。

善财童子给自己打着气，走近前来："法会将开，菩萨着我来请斗战胜佛。"

每次法会都不可能漏下斗战胜佛，但他从来都不会去参加。来通知他的使者换了一轮又一轮，有的连他的面也见不着，有的甚至被打个半死。

孙悟空睁开眸子，眸里清清楚楚地映着这个粉雕玉琢的童子，映着他的羊角辫，映着他脖间、手腕、脚踝处的金圈儿。

一共五处，金光闪闪，将这童子装点得十分富贵。

但于真正的神通之辈而言，富贵何等可笑！

"圣婴，你恨我么？"孙悟空问。

"我爹不让我恨你。"善财童子老老实实说。

不是不恨，不是不敢恨，他只是听他爹的话。

孙悟空又问："你这么听你爹的话？"

善财童子低着头，第一次脸上真正有了伤心的表情，"我现在……很少能听到他说话。"

父子俩，一个在南海紫竹林侍奉观音菩萨，一个在净土为佛护法。

那个曾无法无天的小魔王，如今听话得让人心疼。

也让人内疚。

"我请你吃个桃儿。"孙悟空从袖子中拿出一只蟠桃，往前递了递，"很甜的。"

"往前倒是随菩萨在蟠桃宴上见过哩。"善财童子接过来，一口咬下，汁水四溅。他眼睛亮了，三两下便吃净。

他眼巴巴看着孙悟空："这便是三界最好吃的桃子么？"

"最好吃的桃子在花果山……"孙悟空回过神来，笑笑，"别看了，没有了。有时间带你去蟠桃园摘。"

"菩萨不会放我去的。"善财童子苦着小脸，但终归是孩子心性，又好奇起来，"花果山是什么地方？"

"我倒忘了，你出生的时候，花果山已经不在了。"孙悟空抬起头，天空中云朵悠悠变幻，每一个模样都很熟悉。

"花果山……那里有吃不完的果子，漫山遍野的花，小溪从林间穿过，鸟儿唱好听的歌……那是世界上最美的地方。"

善财童子睁大眼睛："那么好的地方，为什么不在了呢？"

"是啊……"孙悟空闭上眼睛，"为什么呢？"

他没有让沉默延续太久，而是一把提起善财童子，跃入云中，"走了！"

"孙悟空来了！"

"孙悟空……来了。"

在隐隐约约的窃语声中，孙悟空踏进大雄宝殿。

他在佛位最末，观音在菩萨位最前，因而座次倒在一起。善财童子走到观音菩萨身后，异样的肃穆与沉默，仿佛瞬间成了一尊金胎玉偶。

孙悟空的眼神便有些危险意味。

但观世音仍面无表情。她虽只有菩萨果位,但她是阿弥陀佛的左胁侍,西方三圣之一,在教内真正的地位自然只高不低。

"南无释迦牟尼佛!"迦叶尊者照例于佛前说话,"佛法无边,度爱世人。三界六道,一应生灵……"

"不好意思,不好意思。"猪八戒摸着肚皮,摇摇晃晃走进来,"险些迟到。"

被打断话语的迦叶尊者瞥了他一眼,忽笑道:"净坛使者与斗战胜佛一般,自证果后在未来灵山礼佛,迄来五十余春秋矣!如今可是知晓了什么?"

他稍稍刺了一句,便面对满殿佛陀菩萨罗汉大声宣布:"有赖诸佛子用心,我教已于南瞻部洲的佛道教争中取胜!"

殿内皆诵佛号,"南无释迦牟尼佛!"

旃檀功德佛只在斗战胜佛前一位,他修闭口禅多年,不曾言语,只是此刻忽而面露悲伤。

孙悟空盘腿而坐,侧头问观音道:"东土今是何年?"

观音菩萨嘴角噙住一缕笑意:"大周天授元年。"

孙悟空想起唐玄奘曾不住念叨的皇兄,叹了口气:"大唐没了?"

观音菩萨的那点笑意终于漾开:"武周代唐,已立沙门为国教!多亏悟空当年护持,旃檀功德佛才得以取得真经,令佛法东传,才有今日之大兴!"

"不客气!"猪八戒不知何时悄悄凑了过来,讪笑着去看观音,"菩萨今日气色甚好,不知……"

观音菩萨眼中闪过一丝毫不掩饰地厌恶之色,转头看向殿首莲座,世尊正要说法。

猪八戒做出一副惶恐样子回自己位置,嘴里却轻轻留下一句,"他娘的!"

观音面色铁青，碍于说法已经开始，发作不得。

孙悟空用手推了推旃檀功德佛，咧嘴笑了。

过了这些年，猪八戒仍是如此，任天花乱坠、地涌金莲，他感觉自己被恶心了，就一定要恶心回去。

……

法会结束后，诸佛陀菩萨起身散去，唯有旃檀功德佛坐于原地不动。自那日灵山得果位后，他便一直坐在雷音寺中，不曾动过，也不曾出声。他修的是闭口禅，也有定身禅。

孙悟空知道，他是在陪敖烈，也是在惩罚自己。那日他若不开口，敖烈下场不会这么重。可这一切，又怎是唐玄奘的错呢？

猪八戒站在华表柱前，抬头看着柱上天龙。这五十多年来，他不来灵山，虽说是因为厌憎，又何尝不是因为不敢面对敖烈呢？

不敢面对自己的无能。

"你恨师父吗？"他问。

敖烈缠在华表柱上，不能作声，但他的眼睛却瞪得很大。

他不肯眨眼，不肯同意，他当然不恨唐僧。

有人劝阻恶人行凶，反而激怒了恶人，造成了更恶劣的结果。看似是劝阻者的因果，可本质上还是恶人作恶啊！只有懦夫才会因为不敢招惹恶人，而把罪过推到劝阻者身上，那种所谓的愤怒，本质上只是因为无能。

敖烈当然不是懦夫。

"记住，"猪八戒说，"你要做四海龙王，你要跟天河水师争锋。"

敖烈重重地眨了下眼睛。

……

孙悟空不与任何人招呼，一个跟头便翻远，无人跟得上行踪。

他出现在净土中一棵菩提树前，这棵树下卧着一头老牛。

"武曌临朝，日月当空。"老牛静静听孙悟空讲完，开口说道，

"人间男女多分尊卑,她能得正统名分,说明天庭对佛门的支持……已经毫不遮掩!"

"如今三界之内,佛道处处争杀。"孙悟空说道,"我虽闭门不出,但八戒游历风尘,对此洞若观火。"

"如来斥他贪吃,让他做净坛使者,敲打他不该进了沙门还用玉真观的好处。他索性便坦然上任,大吃大喝,辗转花丛。"老牛摇着头,"这猪头,贪吃好色的名声恐怕已传遍三界。"

孙悟空也笑,"天蓬自是随性人。"

老牛回过话题,"玉帝要做真正的三界至尊,势必先要摆脱三清的影子。天庭与佛门联手,以后是天庭威压三界,还是六道处处佛国,都是以后的事。现在他们第一个要把道门清出局。道祖再怎么太上无为,也不可能再容忍。"

"所以说,"老牛在菩提树下站起身来,化作筋肉虬结的牛头大汉,每一块肌肉都鼓荡着爆炸性的力量,"这真正的道统存亡之争,终于来了。"

牛魔王捏紧拳头,菩提树洒下的禁锢佛光被他捏在手心,"佛道矛盾不可调和!这是千万年来妖魔最大的机会!"

"我该回去了。"他这样说着看向远方,那是翠云山的方向,"铁扇……她已经等了我很久。"

"大哥,"孙悟空迟疑了一下,还是说道,"我沙师弟他……"

"谁的账谁来还,我不会杀他。"牛魔王表情冷漠,"但以他如今之疯狂,大约也难活成。"

"那是他自己的事情了。"孙悟空说着,又问,"你要带圣婴走吗?"

"你是他叔父,你把他送过来的,你要送他回去。"

"……好。"

第三十一章 我会……打死你

伏虎罗汉赶到战场的时候，天师许旌阳已经身死道消，佛门又一次大胜。

而两道白眉如巨蟒经天，长眉罗汉神通大显，正与金身罗汉沙悟净对峙。

一众伽蓝、揭谛、比丘围在四周，都有些茫然，不知该向着哪方。

伏虎罗汉阴沉着脸看向长眉："你们这是做什么？"

他与长眉罗汉相识更久，自然有些偏向，因此先让他申述。

"你问他！"在先前的对峙中吃了些亏，长眉罗汉怒不可遏。

沙悟净提着血迹斑斑的降妖宝杖，"击杀许旌阳我当居首功！你却与我动手？"

伏虎罗汉心知不会如此简单，但仍劝解道："长眉，同是沙门弟子，何事不能相谈？何至于此？"

"可你杀的岂止许旌阳！柳星官和他麾下八位星神何其无辜？"两条白眉空中乱舞，如要择人而噬，长眉罗汉戟指怒道，"我们正与天庭联手，你竟袭杀友军？"

沙悟净冷道："哪有什么敌友！不归沙门者，死何足惜？"

"你！"长眉罗汉又欲动手，却被伏虎罗汉拦住。

"行了。柳星官是死在许旌阳反击之下，跟金身罗汉无关。"伏虎罗汉淡淡定调，又敲打沙悟净道，"胆大可以，妄为就很危险。"

沙悟净露齿森然一笑:"好。"

长眉罗汉急了:"柳土獐星君麾下就两位星官、十一星神,如今日这等死伤规模,他岂能罢休?"

"你不说,柳土獐星君就会跟道门誓不罢休;你说了,他就跟我们誓不罢休。"伏虎罗汉懒得再多说,"你自己掂量。"

长眉罗汉欲言又止,白眉收回,但仍有一抹挥之不去的颓然。如今佛门内,一统三界、成就无上佛国的声音愈来愈大。三界六道中道门全都节节败退,玉皇大帝以及他统治的天庭就成了很多人眼中的下一个目标。

尤其是这金身罗汉,杀性甚重。大战中每每当先,动辄屠尽,哪有半分佛门慈悲?如今竟还当着他的面袭杀联手对敌的友军。

他又想起来,金身罗汉每次与天庭联手对敌,最后都是惨胜而归。也就是说,有沙悟净出手的地方,三清门徒和天庭兵将都没有活下来的。以前他没有怀疑,但联想到这次……

长眉看着沙悟净远去的背影,看着他扛在肩头的降妖宝杖上故意不抹去的血迹,看着他脖上金光内敛的念珠,仿佛看到的不是念珠,而隐约是森白骷髅头骨。

更令他不安的是,伏虎罗汉今日对沙悟净的行径明显纵容。

可佛门清净之所,难道真要以杀伐证三界?

昔日燃灯古佛在时,深寺钟敲,菩提叶落,山泉白鹤,修禅诵经。如今……

如今的净土,还算净土吗?

南海普陀山境紫竹林,观音菩萨正与普贤菩萨在宝莲池畔叙话。

同为接引佛祖胁侍,她与大势至菩萨一直不大对付,倒是与如来右胁侍大行普贤菩萨向来交好。

"那牛魔王魔性未改,竟拔了菩提树,打出极乐净土。"普贤菩萨说着，有意无意瞥了一旁侍奉的善财童子，"当真可恨！"

善财童子脸色煞白地低了头。

"在我这潮音洞，他怎得脱身？"观音菩萨毫不避讳，"至于那牛魔，现在佛道争杀正烈，没工夫管他。等大局抵定……"

轰！

一声巨响将将滚过天空，一个飘飞的身影已经撞进了潮音洞！

手里的吴钩双剑跌入池中，倒在地上仍吐血不止。

"木吒！"观音菩萨上前一步又骤然回首。

孙悟空走近前来。

仍是那一身普通缁衣，仍是那一副瘦小身形，但气势已经全然不同。

他缓步走来，却如山岳将倾。

他宁定看着，却似凶暴盈天。

"斗战胜佛你好大的胆子！"普贤菩萨一掌拍碎扶栏，"如何敢在观音大士的道场行凶？"

孙悟空只看着观音菩萨："我来送圣婴回家。"

普贤菩萨被他无视的态度撩拨得怒焰腾腾，但仍是按捺住了出手的冲动。

"悟空，"观音菩萨压制着怒火，"雷音寺前，你要给我个解释。"

"那便到了雷音寺再说。"孙悟空不耐烦地一摆手，"现在我要带走牛圣婴，谁反对？"

他下巴对着木吒抬了抬："这便是下场。"

努力控制伤势的木吒忍不住又猛吐一口鲜血，一见面就被打成重伤，他什么时候来得及反对？

"我佛慈悲，善财童子若自己想走，本座自不会拦。"观音菩萨与孙悟空对视，"你一来就吵着闹着要带他走，可有问过他自己的意愿？"

"圣婴？"孙悟空看向善财童子。

"善财童子可要想清楚。"观音菩萨慈悲地看着他，声音温和，

"当初你可是一步一叩到的紫竹林,如今修业未半便离开,你……真的舍得吗?"

善财童子咬着下唇,眼里是藏不住的惊惶、慌乱,一声不吭。

观音菩萨以柳枝点甘霖,洒在木吒身上为他疗伤,嘴里从容道:"我用心教化善财童子多年,便盼他有个好前程。但他若一心要走,我也从未留过。"

孙悟空并不说话,他只是看着善财童子,默默等待他的决定,眼里终于渐渐露出失望。

善财童子始终沉默,一动不动。

观音菩萨笑了,很是矜持,也很是自得。"很早以前我就问过你,'这是你真正想要的吗?'你以为你做的事情是对的,你以为你是为他们好?结局呢?为何你不长记性,总是这般自以为是?"

她厌恶地斥道:"猴子就是猴子,怎么教化也……"

一个声音打断了她——"我走!"

观音菩萨猛然回头,不可置信地瞪大眼睛:"你说什么?"

红孩儿抬头看着她,看着这双这么多年来始终不敢抬头去对视的眼睛,咬着牙道:"老子……要回家!"

孙悟空哈哈一笑,"这真是牛魔王的种!"

被压迫再久,被禁锢再久,也没有失去反抗的心。

观音菩萨脸色阴沉下来,再也挂不住笑容,眼睛有意无意扫着红孩儿身上的金环,"你想清楚了?"

孙悟空从耳中缓缓拉出金焰流转的铁棒,"你敢念咒,我就打死你。"

观音菩萨再也抑制不住怒气,"你!"

"道祖隐而不发,如来不可轻动!其他佛祖……来不及!"孙悟空大声打断她,又放慢了语速,"我一定会打死你。"

观音菩萨沉默许久,脸上阴晴不定。心中衡量着,在如今佛道相争的关键时刻,压下孙悟空需要动用怎样的力量,值不值得。至于现在,普贤菩萨虽然在侧,帮手是肯定的,但肯不肯拼命?拼了命,又能不能赢?

斟酌再三,她方阴沉道:"既然善财童子尘缘难了,我潮音洞也不留无缘之人。"

红孩儿乖觉地走到孙悟空身边,孙悟空拨了拨他颈间的金项圈,"把这破铜烂铁去了吧。"

观音菩萨忍气招手,将锁住红孩儿全身的金箍儿收回。

"还有,"孙悟空笑了笑,"以后记得叫他红孩儿。"

红孩儿骤脱束缚,鼻孔止不住地冒烟,那是体内欢跃的三昧真火,往日的野性也跳脱回来,在孙悟空身侧补充道:"或者圣婴大王。"

直将观音菩萨气得脸色煞白,连道:"好!好!好!"

普贤菩萨在一旁帮场道:"孙悟空,咱们佛前见!"

孙悟空哈哈大笑,拉着红孩儿的小手转身就走。

偌大紫竹林,一时只有这猴子的狂笑在回荡。

红孩儿成了善财童子,玉面公主香消玉殒。

这些都是牛魔王做出的牺牲。

他孙悟空不能够没有表示。他不但要把红孩儿送回去,还要把他完完整整、趾高气扬地送回去,所以才有了这嚣张的一趟。

临出洞前,孙悟空忽然又回头,"那个托塔的废物天王,你们最初就是通过他跟天庭暗通款曲吧?你说,要是木吒死在这里,会怎样?"

刚刚被甘露稳住伤势的木吒遍体生寒,如坠冰窖。孙悟空若要杀人,观音、普贤两大菩萨拦得住吗?他宁愿自己晕过去。

"孙悟空你不要得寸进尺!"观音菩萨怒不可遏,一个红孩儿是走是留无所谓,折了些颜面往后也自能找回来。当年玉皇大帝隐瞒实力做戏做全,甚至在孙悟空大闹天宫时爬到御桌底下,如今一朝得势,尽露峥嵘,联合佛门掀翻三清桎梏,又有谁敢笑他?

但木吒绝不能死,至少绝不能死在紫竹林。佛门现在绝不能失去天庭这个盟友。

她攥紧了净瓶,已然有了搏命之意。

孙悟空冷笑一声,看着木吒道:"我给三坛海会大神一个面子。记住,你能够活着,是因为哪吒,不是因为观世音。下次,老老实实躲远。"

说罢一拉红孩儿,身化流光而远。

这一次是真的走了。

第三十二章 举旗伐天

某处小山。

当脚步声靠近,被压在山底的狼妖习惯性地龇牙咧嘴,"滚开!找死吗?"

然后他看到一个牛头人身的小妖,站在了他面前。

狼妖愣住了。

这牛妖毫不威武,看起来法力也并不高深,但狼妖却死死盯着他,激动起来。

准确地说,是盯着他背后插着的旗帜。

那是一方小小的令旗,旗面有些旧了,还有些晦暗的陈年血迹。因为旗面太小,所以只绣了两个字——平天。

"奉牛王令,征召你入阵!"

牛妖郑重地宣告着,又小心翼翼从怀里取出一根灿金色的毫毛,轻轻一吹。

毫毛落于小山上,小山无声移开。

狼妖却还匍匐在地,迟迟未能反应过来。他的身体颤抖着,声音也颤抖着:"大圣他们……回来了吗?"

牛妖弯腰伸手,与他对视:"他们从未离开。"

两只妖魔的手,牢牢握紧。

白虎岭。

一个纤瘦小妖跌跌撞撞跑来，嘴里高喊："平天大圣归来，在积雷山誓师伐天！"

一只树妖睁开眼睛，一只花妖飘飞起来，一只兔妖从树洞里钻出……

整个白虎岭霎时活了过来。

"夫人遗命，妖族大圣举旗之日，我们定要第一个响应！"

"若不是夫人，哪有我们性命在？当以死报之！"

"夫人言齐天大圣英雄盖世，咱们只有追随他，才能够争得尊严！"

……

白虎岭三千妖兵，应征。

祭赛国伏龙寺，第十三层。

微弱的日光从狭小的天窗探进来，但根本无法驱散黑暗。

两条锈迹斑斑的铁链在塔柱上纠缠，彼此交错而过，又从一个披头散发的老妪身上穿过。

她身上恶臭难闻，整个人蜷成一团。

她怔怔看着前面的一只破碗，承载破碗的木板是活动的，可以升降。破碗中每三日会放入一个馒头。

破碗的距离并不算近，她每挪动半分，穿透琵琶骨的铁链就会带给她剧烈的疼痛。可她还是每次都会去拿馒头。

这一次已经逾期五天了，破碗里始终没有出现新的馒头。她仍然怔怔看着。

她像等每天从天窗透进来的光一样，在等待那个馒头。

如果心上的伤痕能具现，想来那就是时间的刻度。

昏暗的房间里，她嘴唇微不可觉地翕动着，发出微弱的、蚊蚋般的声音——"活着"。

"活着。"

"活着。"

在某个时间，忽听得一声怒喝。

整个塔顶顿被某种伟力掀开，霎时天地大光。

塔柱上锁着的老妪眯缝着眼睛，看到一个熟悉的英武身影驾风而落。

"轰！"

他落于塔上的时候，好似巨石砸地，整个伏龙塔根柱都隐现裂缝。

手中月牙铲一动，两条铁链应声而断。

他跪在老妪面前，泪珠颗颗砸地，"孩儿来迟！"

老妪却不见惊喜，反而厉声道："谁让你来！你怎么……"

远处传来嘈杂的声音，却是拱卫都城的军队执兵列阵而来。

伏龙塔上英武男子握住月牙铲随手一划，一道巨大的裂缝如玄蛇游地而过，整座城池以伏龙塔为中心断为两截。

如此神通，一击断城！

祭赛国的凡夫俗子何曾见得这等威风？一时间跪地求饶者无数。

"上仙饶命啊！"

英武男子听若未闻，仍含泪看着老妪道："佛道决裂，生死相争。此乃亿亿年未有之良机，牛魔王已于积雷山举旗，孩儿故来相救！"

"良机！良机！"老妪攥紧瘦如鸡爪般的双手，状若疯魔。

她从来都知道，她的等待有多无望。她从来都明白，她的仇恨有多渺茫。

可她还是等着，可她还是恨着。

可她还是不甘！

而如今……而如今！

她的声音尖利起来，"你还在这里浪费时间做什么？去呀！去呀！去跟他们一起，去杀上天！！"

积雷山巅，万年不移的雷云压得整片天空都暗沉。

但那个伟岸的身躯独立山巅，便好像将苍穹顶起。

从积雷山巅向下俯视，绵延群山里，站着密密麻麻难以计数的妖魔。

妖魔们的身影将整个绵延千里的积雷山脉都铺满，一直延伸到视线的尽头。

他们自五湖四海而来，自穷山恶水中杀出。

前一时他们还在做牛做马，这一时便尽露狰狞。

前一时他们还在东躲西藏，这一时便聚众拔刀。

只因为积雷山巅的这个身影，平天大圣——牛魔王！

只因为他振臂一呼。

所以他们应征召而来，誓死追随。

"很多人会问，我们能赢吗？"

山巅上那个盖代妖魔开口了，声音低沉而雄浑，"很多人会说，五百多年前我们已经失败过一次，如今又凭什么赢？"

"失败不可怕，可怕的是跪下。"

"跪下不可怕，可怕的是站不起来。"

"站不起来也不可怕，可怕的是你已经忘了……你本该站着！"

闪电如在那对冲天的牛角上缠绕，牛魔王张开双臂道："是的，我们战败过；是的，我被俘虏过，我的兄弟们尸骨无存，我的爱妾被杀死，我的独子被收作奴仆！"

他深吸一口气，"如果仙佛不是确认我们对于他们已毫无威胁，也不会那么肆无忌惮开启道统存亡之战。"

牛魔王咆哮起来："但我们对于他们真的毫无威胁了吗？"

"虽然这些年来，我们妖魔强者或死或囚，又或者东躲西藏不见天日，可是我们这么多……这么多弟兄，都还在。"他将胸膛拍响，"我牛魔王还在！"

"最重要的是……"牛魔王猛地握拳于身前，一声爆响震动天地，"齐——天——大——圣，他回来了！"

几乎与此同时，一根巍峨金柱穿透万年不散之雷云，直撞落积雷山顶！

金柱微微一摇，山顶数万年的积雷，顷刻间烟消云散。天地之间，骤然清明。

在那灿烂的金光里，一个招摇的身影，站在了牛魔王身边。

他头顶凤翅紫金冠，身穿锁子黄金甲，脚踏藕丝步云履，鲜红的长披在风中飘转，赤金色的眸子桀骜不驯，金灿灿的毫毛骄傲招摇。

赫然仍是无数妖魔记忆中的样子。

四海乾坤第一妖，齐天大圣孙悟空！

有的妖魔热泪盈眶，有的妖魔泣不成声，更多的妖魔则是欢呼起来。

牛魔王伸开双臂，压下欢呼，"我不承诺你们胜利。"

他说，"我只承诺，战败之前，我会先你们而死。"

"我有五个交托生死的义弟，还有数不清的妖魔兄弟，都战死在五百多年前。"

牛魔王看着漫山遍野的妖魔，"我等了五百多年，就等这一个机会。五百多年后，我要么赢，要么死！"

他怒吼起来："如果我们是蝼蚁，就用蝼蚁的尸体，把天庭铺满吧！"

这一天整个三界六道，都听到妖魔的声音：

天空之所以高远，是因为大地这般辽阔。
九幽之所以渊深，是因为红尘如此繁华。
仙佛之所以伟大，是因为我们甘于渺小。

他们之所以冷漠，是因为我们不曾抗争！
没有无垠大地，哪来广阔天空？
没有红尘千里，哪来九幽万丈？
没有亿亿生灵，他们面向谁作威作福！
洒遍满腔热血，也让他们无处落脚。
燃尽沸腾魂魄，就让他们见此狼烟！
拆一身骨筑登天梯，穷一世恨举伐天旗！
敢问，今日之三界，竟是谁人之天下！？

第三十三章 让仙界下雨

三界大争，愈演愈烈。

在这道统存亡的危急时刻，三清仍闭门不出。

兜率宫宫门大闭，离恨天隐于天外。

佛门索性一不做二不休，大举增兵天庭，与玉帝联手扫荡三清门徒。

直到此时，三界才看清玉皇大帝的手段。道门屹立仙界无数岁月，根深蒂固，甚至昔日玉帝登位，都要受三清符诏。可如今玉帝在道佛相争正烈时骤然发难，暗中掌控的力量浮出水面，竟丝毫不弱于道门。

整个仙界的天兵天将，分裂成泾渭分明的两派——道派和帝派。三清不出，两派还算势均力敌。而佛门强势压境，顿时帝派便占据了压倒性的优势。

无数佛陀、菩萨、罗汉涌进仙界，无数逍遥真仙被疯狂追杀。玉皇大帝以血火为犁，终于真正将天庭掌控在手。

但就在这时，妖魔大军卷土重来，平天大圣牛魔王兵临南天门！

云如墨染，妖焰焚天。

一时高歌举，竟夕起狼烟。

牛魔王身侧站着一位银盔亮甲的大妖，身披锦征袍，腰束犀纹带，手上月牙铲杀机满盈，端的威武非常。

"如果孙悟空来，我就走。"他说。

"九头,我能够理解你。"牛魔王手提混铁棍,看着南天门密密麻麻不断增加的天兵天将,"可你的万圣公主死了,我的玉面又何尝不是?孙悟空也在五行山下做了五百年的囚徒。我们谁不曾为此牺牲?"

"孙悟空西行路上所做的一切,都是为了今日。更何况,要灭万圣龙宫的,从来不是他啊!"牛魔王始终目视前方,在等一个合格的对手试棍,"我放过沙悟净,是因为我知道谁才是真的敌人,希望你也能明白。"

"冤有头债有主,我明白。即便不是孙悟空,也会有别的仙佛来。况且他还放过我性命,救下了龙婆。"九头虫攥紧月牙铲,"可万圣公主她……无论如何,我不能够说服自己与孙悟空并肩。"

牛魔王沉默了,这种情绪,他如何不能理解?那张娇俏的面容他又何曾忘却呢,恍如欢声在昨。

不知道仙界……会下雨吗?

"他的战场,不在这里。"牛魔王说。

"那么,我要杀生了!"九头虫收起月牙铲,显出本相,周身利羽似刀,一对尖爪如钩,八个头颅一齐咆哮,吼声震天。

翅方展便已入南天门,一爪一排天兵,一口一个天将。所过之处,血肉横飞,尽是残肢断臂。

无论仙佛怎样相争,亘古以来妖魔都是他们剿杀奴役的对象,地位差距烙印神魂,断无转圜余地。

但此时佛道争杀正烈,迎击妖魔的便只剩天庭自身,这就是妖魔亿万年来唯一的机会。早一步,就像当年七圣聚义一样,只会被仙佛联手剿除。晚一步,大争的胜利者便已整合了三界之力,妖魔更无出头之日。

漫长岁月的忍辱负重,终于等到了如今。现在只要他们击败天庭,再与佛道之间的胜者对话或厮杀,便可以力量争得自由。

再不会为奴为仆,永远昂首挺胸!

牛魔王迈开大步，轰隆隆踏在云中，仿如冲锋的战鼓。

心里轻声呢喃：仙界今天会下一场雨。

会是好大一场血雨，为你祭奠。

灵霄宝殿中，王母娘娘看着南天门的激烈战况，忍不住站起身来，"怎会？那猴子做了五百年的囚徒，又当着我们的面一路降妖除魔去灵山，早该众叛亲离才是！怎么会还有如此多的妖魔，愿为他卖命？"

玉皇大帝岿然不动，眸光幽深，情绪难测。

一个声音在殿外回答："你错了。他们不是为谁卖命，他们是为自己，为公平，为自由！"

随着声音落下，一个魁梧的身影踏进殿中，手里的降妖宝杖沿途滴血，在地砖上连成一条断断续续的血线。

"卷帘？"王母娘娘凤眉一挑。

"您居然还记得我。"踏入殿中的，正是以休整为名退出佛道争杀前线的沙悟净。

他连日里在争杀中的表现早已得到信任，降龙伏虎不疑有他，一直并肩作战的天庭诸将也对他毫无防备。是以他轻车熟路，以报信名义，竟毫无阻碍地踏进了灵霄宝殿。

此刻天庭一部分强者还在追杀三清门徒，更多强者已转去南天门。天宫之中正是空虚，只余下侍奉仙女和些许守殿天兵。

所以沙悟净若要做些什么，便有足够的机会。他亦有足够的理由。

他一笑，露出森白的牙齿，笑容便显得格外狰狞："您怎么敢，记得我？"

"呵！"王母娘娘冷笑一声，"区区一个金身罗汉……"

话语未尽便骤转："放肆！"

因为沙悟净已身推降妖宝杖，呼啸而来，强大的气势横碾而过，沿途地砖渐次飞起，有如一条地龙翻身。

王母娘娘声虽急怒，动作却轻柔，她轻描淡写地自云髻上拔下一根金簪，又柔柔前递。

　　于是地龙戛然而止，纤细的金簪与凶暴的降妖宝杖空中相抵，瞧来如此悬殊，却分毫不相让。

　　多少万年了，许多人都以为她王母娘娘只不过是一张威仪的凤椅，倚仗的只是权位的力量。

　　可很多人都忘记了，在成为西王母之前，她便是瑶池金母，天下女仙之首。

　　她曾金簪一划，就是整条银河。

　　整个天河的水师，都在她留下的痕迹中战斗。

　　遗憾的是，沙悟净便是那许多的无知者之一。

　　他心中满是仇恨，但仇恨的力量，也有尽头。

　　那根缓缓逼近的金簪，与自中心处不断炸开的降妖宝杖，就让他看到了尽头。

　　这根梭罗仙木打造成的宝杖，随他征战四方，却毁于今日。

　　尽头是什么？

　　是死亡？是虚无？是……

　　沙悟净怒目圆睁，"玉娥！"

　　他双手松开降妖宝杖，脖颈上的滚金念珠骤然崩散，化作九颗白惨惨滴溜溜转着的颅骨！

　　每一颗头颅都大口怒张，咬向西王母。在疯狂扑至的头颅中间，沙悟净挥出了他暴烈而仇恨的拳头！

　　西王母不慌不忙，动作依然优雅雍容，她自炸裂的降妖宝杖里抽回金簪，于身前轻轻一划。

　　一道难以察觉但切实存在的沟壑产生了，九颗头颅和一只拳头疯狂突进，但却怎么也到不了西王母面前，咫尺已成天堑。

　　若不是灵霄宝殿神异，这里便要又现银河。

西王母探出玉光辉转的左手，轻轻一掌印出，自九颗头颅和一只拳头中轻飘飘擦过，柔之又柔地印在沙悟净心口。

沙悟净魁梧的身躯倒飞而起，又断线风筝般飘落，血如涌泉，竟在空中喷出一道弧线。

他轰然倒地。

深深的无力，深深的绝望。

这是他等待了如此之久、也努力了如此之久的机会，但他竟不能够把握。

他太弱。

"玉娥。"他又轻声唤道。

他以手撑地，艰难地爬起来，艰难地站住。

入佛门而成的金身黯淡无光，降妖宝杖已裂，九颗颅骨仍在那道沟壑中打转。

沙悟净再无所恃，但他仍然充满恨意地看着西王母，那是穷尽天河之水也不能洗净的恨。这仇恨支撑着他，作为一个哥哥，站着。

第三十四章

琉璃易碎彩云消

西王母忽然挑起嘴角,露出一个好看却冰冷的笑容。她随手一招,将一只琉璃盏摔在沙悟净面前,就像五百年前遣他下凡时那样。

那晶莹剔透的美丽琉璃,碎成无数的光点,但都被一股力量笼着,堆在沙悟净脚下。

"跪下,把它拼起来,本宫便饶你不死。"她用高贵的声音这样说道。

沙悟净咬着牙,瞪着西王母,挣扎着艰难地一脚前踢,"我绝不会,再跪在你们面前!"

数不清的光点就这样飞散,坠落云天。

在踢飞光点的瞬间,沙悟净忽然感到心头生痛,好像有什么重要的东西永远失去了。

西王母看着他,开心地笑了起来:"这琉璃盏,是一个女仙的神魂所铸。而这个女仙,恰巧你也认识。"

在沙悟净变得恐惧的眼神中,西王母红唇微吐,无比轻柔却残忍地说道:"她叫彩云。"

沙悟净看看那些飘飞六道的光点,又看看西王母,嘴唇都在颤抖,"你……杀了她!"

"是啊,我杀了她。"西王母在凤椅前雍容地俯视着他,优雅地给出最后一击,"但你却毁了她复生的所有希望。"

那样漫长的一生里，那样短暂的相遇。

"我不会骗你。"

"你还有我。"

"你难道不想报仇吗？"

"不过是千年时光，便等不到你，天庭也会放了我。"

从来好物不坚牢，琉璃易碎彩云消。

那个愿意等你一千年的姑娘啊。

"不！！！"沙悟净跪倒在地，将剩下的那些光点哆哆嗦嗦捧在手心，泪流满面。

哒，哒，哒。

干净的脚步声踏进大殿，这是一个清奇秀气的男子。头戴三山飞凤帽，腰缠团花玉带，脚踏缕金靴，身披淡黄袍。手中一杆三尖两刃刀，明晃晃如一团霜雪。

他本是背光而来，但他本身竟成了光。

王母娘娘注视着他走进殿来，不言不语地坐回凤椅。她没有把握。

龙椅上的三界至尊终于把目光回转至凌霄殿中来，淡漠出声："来者是昭惠显圣仁佑王，还是清源妙道真君？"

前者是天庭敕封，后者是道门尊号。其中意味，不言自明。

二郎神平静地与他对视，"我是杨戬。"

"朕属实没有想到，"玉皇大帝沉默一会，才道，"那些卑劣暴虐的妖魔，竟有如此心性隐忍，不惜自削羽翼，俯首帖耳，让朕放松警惕。朕更没有想到，他们的后手竟是你。"

玉皇大帝微微前倾，平天冠的珠帘轻轻摇动起来，"你的血统如此高贵，竟堕落到与妖魔为伍？你，就这样报答舅舅？"

"卑劣高尚，善良暴虐，难道是你一言而定？"杨戬伸出自己的左手，修长白皙的五指轻轻一握，西王母划下的那条难察天堑瞬息崩散，九颗白骨头颅滴溜溜溜转了几转,飞回沙悟净身边。

"如果我不曾拥有这样的力量,我哪有机会叫你一声舅舅?"杨戬看了看自己的手,又抬头,"既然我拥有这样的力量,那么现在,此时此刻,你又有什么资格,让我叫舅舅?"

玉皇大帝微微扬头,"朕上握九天,下掌九幽;坐拥三界,权倾六道。统御一切神、仙、圣、佛、人、鬼、妖、魔!你……"

"现在只有你,也只有我!"杨戬毫不客气地打断他,左手负于身后,右手倒提三尖两刃刀,"所有的错误都需要偿还。向我的父亲道歉,向我的娘亲道歉,向我道歉。或者,向我的三尖两刃刀道歉。"

他只是表露出战斗的意图,三尖两刃刀的锋芒便将地砖割破一条狭长而幽深的刀痕。

"朕怎会错?"玉皇大帝的声音依然淡漠,"如果你觉得朕错了,那么你本身便是一个错误。当然,看在你母亲的份上,朕依然可以原谅你,甚至可以敕封……"

但杨戬再一次打断他,"你们心中只有权力。你们永远不会明白,我们战斗的理由。"

三尖两刃刀终于第一次指向玉帝,"有时候只是想要一个公道,如此而已。"

"如此。"玉皇大帝从龙椅上站起来,当他站起的时候,他还在灵霄宝殿中,但这重天界好像都已经装不下他,"引来佛门掀翻道门,很多人以为朕只是换一个头顶的束缚,却没有想过,朕忍了漫长几乎无尽的岁月,为什么突然不忍了!"

"因为朕,已经有了无须容忍的实力啊。"玉皇大帝俯视杨戬,"什么佛门道门,朕要做真正的三界至尊!不仅掌控六道,也要统御仙佛!朕最后再问你一次,是否愿意帮朕?"

"总有人,不肯被统御。"杨戬的眼神却愈发冷漠,"你忍过,就要别人也忍耐吗?你不甘被三清钳制,却想要钳制三界六道无数生灵?"

话至此已尽。在真正压服佛道两门之前，玉皇大帝并不想暴露实力，但这并不意味着他害怕战斗。

"朕苦历过一千七百五十劫，每劫十二万九千六百年，方成玄穹高上帝。"他自衮袍中探出那只执掌天庭的手，也直接地对着杨戬，"在那无数轮回中，朕的最后一世名为张百忍。忍字头上一把刀，朕忍了这么久，你想不想看，朕的刀？"

第三十五章 五百年来问此心

灵山上，雷音寺中，如来依然莲台高坐。

如今整个灵山几乎空了，佛门所有的力量都投入道统存亡之争中。唯有如来佛祖坐镇灵山，以防备至今闭门不出的道祖。

殿内也只剩阿难侍坐，就连迦叶都去仙界征伐了。

不，殿中还有一尊佛陀——旃檀功德佛。

只是他闭目屏息，不动不言不语，如泥胎木塑。

阿难几乎都不记得他还活着了，只当是塑像布设一般——虽然他亦是如来弟子。

"我佛，"阿难虔诚问道，"道祖至今闭门不出，是不是畏惧于您？"

如来微不可察地摇了摇头，"我想……他只是不在乎。"

"不在乎？"阿难在如来诸弟子中号称多闻第一，却也分外不解，"道统将绝，他怎会不在乎？"

如来洪声如天鼓，似响在耳边，又如在天外，"如道祖这般伟大存在，一切伟力归于自身。便是门徒死绝，他也可随时再造道门。道祖在，道统就在。如何会绝？"

阿难满眼茫然，心中好像忽然空落落的，但他也说不清这失落与困惑从何而起。

"如此说来，"他问道，"无数佛陀菩萨罗汉拼命去扫灭道门，意义何在？"

如来笑了，可惜迦叶不在，不懂他的笑容。

今天难得的心情美好，于是他解释道："我喜欢这样的结果。如此而已。"

"我不喜欢。"

猪八戒站在华表柱前，语气平常得像在讨论一道菜是否合口味。

足下踏芒鞋，身上穿缁衣，一切都如此普通，唯一不普通的是那只上宝沁金耙，这一次他提在手中。

他再一次踏上灵山。

他决定不再掩饰自己。

已经掩饰了太久，已经压抑得够多。

"你为什么总是说一句话就要传遍灵山？"他站在山门里的华表柱前，隔着长长的台阶与牌楼，隔着石塔与苍松，隔着香炉与熏烟，看向大雄宝殿里的佛祖，"你觉得你的声音很动听？还是，灵山上你的佛子佛孙们，都是聋子？"

阿难对如来躬身一礼，而后一步踏出佛殿，再一步已在台阶上。他看着猪八戒："净坛使者。"

他重复着这个敷衍的菩萨果位，以让自己不那么愤怒。

对佛祖不敬诚然是大罪，但这曾经身居高位的天蓬元帅，投身沙门竟遭轻贱，心有怨愤也是人之常情，不是么？

阿难认为自己向来慈悲，所以他的声音也尽量温和："离开天庭，你依然强大，你已经证明了你自己，你还奢求什么呢？"

他在提示这只蠢笨的猪——你已经离开天庭了，如今也只有佛门肯接纳你，你还有什么不甘心的呢？

他理所当然地以为这只猪能懂。

但这只猪不肯懂。

"自坠落人间这么多年,我挣扎过,放弃过,努力过,也失败过,最后还是选择上路,还是来到了灵山。我不是为了要证明什么。"猪八戒看着他,"而是要明白,为什么。"

"为什么,仙规佛律不能改?"

"为什么,有情人不能相爱?"

猪八戒一只手提着上宝沁金耙,一只手贴上华表柱。

"现在还要加上一条。"他问,"为什么,不能自由?"

他的手一推,整个华表柱轰然倒地,敖烈腾空而起!

这根华表柱,原来只需要轻轻一推——只是以前从来没人敢这样做。

敖烈天矫的龙躯霎时穿入云间,龙眸怒睁,一声震彻八方的龙吟响起,金黄色的龙身一寸寸被白玉般的光泽驱逐,他一寸一寸追着自己。被压制被封印,不能动弹不能言语,但却从未忘记的——那个自己!

"些许委屈,便怨愤至此。你太让我佛失望。"阿难俯视着猪八戒,两朵青莲自他眼中滴溜溜转出,带着莫大威能一击敖烈,一压猪八戒,"岂不知雷霆雨露,俱是天恩!"

"老子渴饮江海,旱接天河!"猪八戒踏地而起,执耙反撩,"不需要你们的雨露,打碎你们的雷霆!"

上宝沁金耙划过一道完美的弧线,将两朵青莲花同时打落。

轰!

两声并作一声响,这灵山山道都是金刚石铺就,竟也炸出两个大坑!

此声未歇,猪八戒已欺近身前。阿难不慌不乱,手捏佛印,眼中无数青莲花喷涌而出,在身前交汇。最后竟汇成无数青莲花的河,浩浩荡荡扑向猪八戒!

猪八戒不避不让,双手举耙,当头筑下!

任莲花无尽,我只一耙。

任佛印神威，我只一耙。

任你威风，任你强横，任风撕光裂、天翻地覆，我还是这一耙！

这一刻，他好像与天河上空的那个威武元帅重叠。

一耙筑下，曾让天河断流！

这区区青莲花汇成的河，一触即破。

上宝沁金耙耙开无尽青莲，凿向阿难那颗锃亮的光头。

"放肆！"大雄宝殿中一声佛喝，无穷无尽的金光自阿难身上炸出，与上宝沁金耙上笼着的清光死死相抵。

阿难心中大定，继而大恨。世尊出手自然无异泰山压卵，可逼得世尊出手，于他却是莫大耻辱。

他急转佛印，便要痛下杀手，诛净坛使者于此。

但耳边忽然又滚过一声佛喝："放屁！"

他还来不及反应过来，身上那无穷无尽的金光忽然被压缩到一个极限，猪八戒上宝沁金耙砸落，将他连同金光一起砸进大雄宝殿！

阿难吐着血自地上骇然抬头，却没有看着拖耙踏进大殿的猪八戒，而是死死盯住旃檀功德佛。方才那一声，是唐玄奘的声音！

自再证菩提后，修业至今的闭口禅，所开的第一声。

竟是这声"放屁！"。

他曾想过无数次，这位曾经的师兄破开闭口禅的第一声会说什么。他曾想过，这位真正的修佛天才金蝉子会不会开口就顿悟？还是闭口直到转劫？

但唯独，不曾想过这一种可能。

他怎么会？他怎么敢？

如来却很平静。

他乃佛中之佛，尊中最尊。坐在三界最高之处，俯瞰整个三界六道已有数不尽岁月，他有足够的理由平静。

再叛逆，有那只猴子无法无天么？

再跳脱，这金蝉子不也被打去重修了十世么？

他轻轻探指，拈起了一朵小花，竟笑了。

那是一朵摇摇颤颤的小白花，曾在黄眉老佛的幻境中出现。

无论什么秘密，都不可能瞒过佛的注视，哪怕深藏于内心。

如来拈花一笑，是难以述尽的智慧与慈悲。

唐玄奘同样盘膝而坐，他的佛位在诸佛中倒数第二，仅在斗战胜佛之前。

他与如来如此之远，但彼此对视，又是如此之近。

他伸手入怀，拈出一根毫毛来，也笑了。

他对着拈花一笑的如来，拈毛一笑。

这根毫毛，是孙悟空自五行山下脱困时，那一根飘落的毫毛。是齐天大圣的毫毛。

如来的笑容顿时僵住，他再笑不出来。

那是一根金色的、灿烂的、招摇的毛。

唐玄奘笑着松手，毫毛飘起，骤然间金光大放！

在无比灿烂的光芒中，一个桀骜狂暴的身影跃出，一条金灿灿的铁棒对着如来当头砸落。

"吃老孙一棒！"

铁棒上流转的金焰仿佛灼穿了时光。

那只灿烂的猴子，还像五百多年前那样，再次挑战！

如来将身前的竖掌直直抬高，一直抬过头顶，"五百年……是否不够？"

他这样问着，四指屈下，唯有一根食指竖起，迎向金箍棒。

指尖与棒头相抵，肉眼可见却无声无息的冲击波荡漾开来，那是空间在颤抖。

"又是这种高高在上的语气，你为什么总是……"敖烈巨大的龙躯挤进殿内,咆哮着张开龙嘴,利齿如枪林,"践踏别人的自由!"

在同样的时间里,猪八戒倒拖上宝沁金耙,一步纵至如来身前,九根明晃晃的耙齿反撩而上,好像要将空间都耙出九个洞来。

如来托于膝上的左掌轻轻一翻,便如一座高山压下,压在九齿之上。他身后的无尽金光中,又探出一对佛掌,将那咬落的龙嘴撑住。

那一双慈悲的佛眼,却看着唐玄奘:"本座很失望。"

腾腾业火,瞬息于唐玄奘身上燃起。

反击敖烈、猪八戒,进攻唐玄奘,应对孙悟空,他有条不紊却又同时进行,这是洞彻了时间与空间的真意。

他把每一个人拉入同一空间的不同时间中,又或者同一时间的不同空间里,每个人都单独面对完整的他。围攻没有意义。虽然同处大雄宝殿,但各自是天涯。

唐玄奘在熊熊业火中合掌而笑,"从前在灵山,我跟你理论了三十三次,次次无功而返。但这一次,你不得不理我。"

"因为我要动手了。"他笑着,"我心如琉璃,业火奈我何?"

业火动念即灭,唐玄奘站起身来,温声说道:"我从来没有打过架。"

如来俯视着他,"你现在如果求饶,本座会更失望。"

唐玄奘咧嘴笑了,露出洁白圆满的牙,"我只是提醒你,我可能收不住手,会直接打死你。"

右手从合掌状态移开,自然地往身后收,这是一个视觉上缓慢的蓄力过程,但瞬间便已完成。手指合拢,握成了拳头。

他挥拳,这是一只干净、秀气,但是如白玉般的拳头。

拳头方出,已到如来面前。

"什么时候,你竟有资格说这样的话?"

在这个时空中,如来的竖掌并未与孙悟空角力。他竖掌上升到脸前时,轻轻翻过,便接住了这一拳。

但在接拳的刹那，如来眸中闪过一抹惊色。

如此简简单单普普通通的一拳，却贯彻了无坚不摧的意志。那是无与伦比的决心、千劫不灭的勇气，和万世不易的理想。

拳将佛掌压了压，压得手背与鼻尖微微一触。虽然只是这样轻轻地间接一触，但也算是攻击到了他的金身，打到了他的脸！

这其中的意义，非比寻常。是在无数的时空中，洞穿了时空真相，攻击到了如来的金身。

"我以肉体凡胎走回来，用了十世，走了十万八千里。"唐玄奘将白玉般的拳头拉回，又再一次轰出，"你竟问我，有没有资格！"

拳未轰满，又拉回。

如此反复了三十三次，才最后一次轰出。

"天也只有三十三重啊！你的沉默，到了尽头！这是第三十四次跟你辩法，你给我好好地听着！"

他有三十三次不满，他有三十三次不甘。他三十三次理论却三十三次沉默。

对于如来佛祖，这是他忍了三十三次的拳头。

整个大雄宝殿都在颤动，整个灵山都在摇晃。

这一拳他要打爆灵山！

如来面无表情，佛眸悲悯却高远，"我的仁慈，确然到了尽头。"

他并掌如刀，高高举起，再劈落！

掌刀与拳将接的时候，在孙悟空的时空中，那双赤金色的眸子忽而光芒大放。他的火眼金睛捕捉到了无尽时空的交点，不同的时间，不同的空间，但都有唯一的如来！

"五百年……是否不够？"

这样的问题竟然敢响在耳中。

"啊！"孙悟空面容狰狞，獠牙暴长，金灿灿的绒毛也猛然蓬起。那一支力有万钧的铁棒疯狂下压。

咔嚓!

一声脆响。

如来指天的那一指,竟被金箍棒生生压断!

但,断的何止是这一指?

时空的间隔被打破了!所有人都重新置身同一时空中。

这是中央娑婆世界,是如来的现实。

敖烈龙眸赤红,摇身化作英武男子,手中一柄宝剑,化作流光点落。那是他的龙角,亦是他的骄傲和锋芒。

猪八戒奋起勇力,掀山一般双手上抬,蒙蒙清光与佛光搅成一团,在每一个最细微之处做最惨烈的搏杀。

唐玄奘的拳头亦然临前!

如来双眸怒睁:"该死的猢狲!"

他愤怒了。

他第一次,真正有了生气的情绪。

多少年了,自证佛陀果位后,他再也不曾有过这种情绪——几乎是忘了。

无尽的时光啊!

多么该死!

无量的光将他笼罩,无量的佛唱隐隐响起。

大雷音寺里无限的空间开始收缩。

他要碾灭这些该死的蝼蚁,予他们以真正的绝灭。

在这样的时刻,在某个遥远的地方,在一个无名的山洞里。

白骨夫人曾来拜访的地方。

石椅上奄奄一息的禺狨王骤然睁眼。

所有人包括孙悟空牛魔王都以为他死了,因为没人能扛过那样恐怖的伤势,但他还活着。

他看着灵山的方向。

他奋起如此丑陋残破的身躯，站起来像一个最后的英雄。

无形的火中，他的身体他的灵魂，熊熊燃烧。

疯狂而炽烈的燃烧只用了一瞬，身魂皆散，连一点尘埃都没有留下。

苟延残喘五百年，只是为了等这一次出手的机会。

没有转世的可能，断绝重生的希望。

把所有的前世和今生一起终结，把所有的爱和恨全部崩解。

这样的燃烧，会换来怎样的力量？

如来金身忽然顿住，他感到一种莫名的力量，在拉扯他的神魂，想将他的神魂从金身中赶出去。

那是禺狨王的神通——驱神！

如来磅礴的力量只停顿了一个微小得难以察觉的瞬间，但猪八戒已经捕捉到了。

他没有犹豫，根本没有犹豫的时间。禺狨王用生命创造了亿分之一的可能，这是千载难逢的机会。与佛光纠缠最近的猪八戒最有可能把握这个机会，他于是咬牙暴喝，冲进了那伟大的力量之中。

"啊！"

佛祖的伟力如怒洪般席卷猪八戒肉身，摧垮所有抵抗，湮灭一切生机。猪八戒自天蓬时代修行至今的强横身魂，竟如被洪水卷过的小堤坝般一触即溃，毁灭的力量从精至气再而神。

但这样的伟力一旦倾泻，便势如破竹。猪八戒以最专注的、绝境斗兽般的姿态，看到了胜机。

他完全放弃对身魂的防御，完全不考虑暂避锋芒。因为他知道面对这样的对手，哪怕一丝一毫的退避都有可能葬送之前所有的努力和牺牲。层叠的肥肉如波涛滚过，无与伦比的力量传递到双手，在某个瞬间决然炸开！上宝沁金耙清光大放，牢牢压制了失控的金光，并将如来佛祖整个金身都掀翻！

那尊伟大的、高耸的、无敌的金身,第一次被掀翻在空中,如在苦海飘摇。早已渡过苦海的佛陀,被再一次掀入"苦海"中!

唐玄奘白玉般的拳头接上,坚决地砸落金身胸膛!

而后是敖烈的长剑,自上而下,贯入腹中。

最后,孙悟空于空中旋身,沸腾着熊熊金焰,当头砸下的那一棒!

水有终处山有巅,曾移沧海过桑田。

世上的一切都有尽头吗?有没有那不会改变的事?有没有那不肯改变的人?

五百年来问此心,不曾有变!

这一棒,不问苍生,不问鬼神,只问那个刚从石头里跳出来的小猴子,你孤零零来到这个世界,你想对这个世界说什么?

这一棒,便是那猴子要说的全部!

一如昔日微末时,飞跃水帘洞。

一如五百多年前,挥棒南天门。

这是永不退缩、永不改变、永不回头的一棒。

整个三界,整个六道,仿佛都在此刻安静。

如来佛祖那极致璀璨的金身,裂了。

无穷无尽的光,就这样点点而散。

只有阿难凄厉的嘶声在大雄宝殿中回荡——"我佛!"

等待太久了!

清气上升,是永远的天吗?

浊气下沉,是永远的地吗?

生死幻灭都成空,天和地是永恒的无情吗?

天怒则卷雷,震灭孤魂野鬼。

地怒则山崩,埋葬不屈生灵。

可,可!

我不服!
等这一日已经太久。
当我再一次举起金箍棒……
我要看到地的摇晃、天的颤抖。

第三十六章 不辞风雪来爱我

战力全失的阿难尊者瘫软佛殿,眼睁睁看着孙悟空一行的背影离开大雷音寺,比金身伤势更严重的,是他破碎的意志和信仰。

风将那些人的话语传来。

"当初你还在灵山,阿难怎会是多闻第一?"猪八戒问。

"他多闻第一,是能熟记佛陀说法。而我不同。"唐玄奘回答,"我是佛陀。我说法。"

"大逆不道。"敖烈冷冷接了一句,他被镇封多年,本已是神魂飘摇,刚刚又经大战,甚至根基都已不稳,但他还是忍不住畅快笑了,"可惜佛祖已经不在。"

"是啊。"猪八戒叹了口气,自他答应孙悟空西行,一路走到如今,终于战胜了如来佛祖,但他心中竟有些怅然,"以后会怎样?世界会更好吗,还是更坏?"

敖烈默然,他知道在如来佛祖那样的伟力席卷之下,猪八戒已再无生机,此刻只是一道执念支撑着。但他竟不能够回答他。因为他并没有信心相信这个世界会更好,但他又不愿意不对改变世界的人付出信任。

唐玄奘说:"我不知未来会更好还是更坏,但是终有一天,不再有仙佛高高在上,不再有神灵俯瞰人间。生老病死,都是自然演变;爱恨别离,全部发自内心。诸天万界,一切生灵,生而平等,生来自由!"

孙悟空怀抱着金箍棒,快乐地眯起了眼睛。

鸟儿飞于天,白鹿穿于林,每一个生灵都能坦然面对心中所爱,每一个灵魂……都自由。

他想起了最初的花果山,未被神灵注视的花果山。他的每一根毫毛都轻快。

猪八戒看着他,就像第一次天河边相逢那样,那时他觉得这只猴子有点奇怪,也有点孤独。猪八戒又叹了一口气:"可惜花果山不在了。"

孙悟空说:"花果山一直在那里,只等我决定回去的时候。"

猪八戒沉默一阵,架起云头,"我先走一步。"

"八戒,你去哪里?"唐玄奘在云下追着问。

一道飘忽却坚定的声音被猪八戒丢在身后:"当然是……寻嫦娥!"

他飞得是如此之快,如此地坚决,以致声音还未落下,身形已然消失。

看着天空上唯一留下的云痕,唐玄奘嘟囔着垂下了手,"变得好看点……再去啊。"

猪八戒出现在月宫门外,这里仍然清清冷冷、幽幽静静,仙界的厮杀并未波及至此。

猪八戒屈指欲叩门,又悬在半空。

他终于明白为什么战胜如来佛祖之后,他反而心中怅然了。因为他害怕,他恐惧,恐惧这之后的事情。

最难以战胜的,从来不是什么佛祖道祖,而是心中炽烈的爱啊!

他怎么能敲门?他又如何能开口?若那人……依然无情。

我还能够面对吗?猪八戒问自己。

他的手就那么悬停着,不敢落下,又舍不得挪开。

就在这时,门吱呀一声,开了,门后露出那张绝美却清冷的脸。

看到猪八戒,她也怔住了。四目相对,时间仿佛凝固。

她忽而一笑:"这么多年不见,你就这样来看我?"

踏遍十万八千里长路，猪八戒第一次看到春天——在这个笑容中。

他低下头，看了看自己。

缁衣芒鞋，还有些破旧。猪头人身，仍带着青肿。大腹便便，殊为可笑。

但他很坦然。

他抬起头，认真地看着嫦娥，"到了灵山，得了菩萨果位，重塑金身，你知道我为什么还是这一副猪头人身的丑陋样子么？"

他非常认真地说："因为我想让你知道。我从来没有放下，我从来不曾忘记。"

嫦娥清冷的眸子瞬间就被泪光盈满，但她没有让眼泪流下。

"每一个有月光的时候，我都在看你。"

第一句话就让猪八戒泪流满面。因为每一个明月当空的夜，他从不抬头。

"你以为我为什么苦修斩七情大法？"嫦娥伸手轻轻拭着猪八戒的眼泪，可这眼泪怎么也止不住，于是她也哭了，"因为不这样，我不能够克制对你的思念，我不能够让自己不去拖累你。"

她抱紧了猪八戒，把蛾首依偎在他胸膛，"我也……戒不掉你。"

三界的厮杀，六道的纷争，好像都远了。

唯有月宫中两个相拥的身影。

卯二姐远远地看着这一幕，甜甜笑了。是她先发现猪八戒腾云而至，是她告诉嫦娥有贵客来，也是她静静地坐在秋千上。

"就这样看着姐姐和……他，幸福，我也很快乐呀。"

卯二姐在月桂树下摇着秋千，笑得眉眼如弯月。

她想，我终究也会爱上一个人，他也会不辞风雪来爱我。

第三十七章 绝不妥协

"不要流泪,生老病死,我早知逃不过。"病床上的男人声音平静。

年少的杨戬止住抽噎,坚强地去抹怎么也抹不尽的泪。

男人鬓角带霜,曾经清俊的面容也变得沧桑,"等我走后,去找你娘亲。"

"我娘亲……在哪里?"

"等有一天,你变得足够强大,等三界都知道你的名字,你就会知道她在哪里。"

"我会变强。"

"害怕吗?"

"我不怕。"

"你会退缩吗?"

"我不会。"

病床上的男人注视少年许久,才说道:"对不起,把这样的困难交给你,那本该是我的责任。"

"可我是这么的平凡,用尽了全部的力气,也只能做到将你养大成人。本想等你长大了我就去找她,但是……咳!咳!"男人剧烈地咳嗽起来,"但我已经没有时间了。"

少年慌慌张张地为他抚着心口,内心却一片空白,不知道还能再做些什么。

"尽管是那样困难的一件事,但我还是自私地想要你能找到她,看到她,告诉她。"男人用已经干枯的手掌抓住少年的手,那一瞬间这垂死之手的力量竟让少年感觉到疼痛,"告诉她我不后悔爱上她。"

"我会找到母亲,我会告诉她。"

"答应我,要一直往前走,无论发生什么,无论有多难,不要回头。"

"我不回头。"

缥缈淡漠的刀光,几乎瞬间就撕开大殿,整个灵霄宝殿都藏不住这样的一柄刀。

杨戬奋尽全力,仍然被刀光斩飞。

战袍碎了,甲胄裂了,鲜血在流出,三尖两刃刀隐隐发颤。

在生命的尽头,杨戬看到了父亲生命的尽头。

那个力不能举千斤、寿没有过百年的凡人。

在他临死前,他要求杨戬将他的床榻挪到院中,而后就那么躺着看天空。

那是神灵的居所,威严而难以揣测的存在。

你们眼高于顶,我也躺着看你们。

"天与地,为谁生?

日与月,何以凭?

开天辟地以来,我们都在同一个笼中。

不要以为你至高无上。

人间的每一日,

也为我天暗天明。"

那个清癯的老书生,平静地闭上了眼睛。

无数岁月里,从未有人见过玉皇大帝出手。他永远藏着底牌,永远隐忍不发。可当他拔刀的时候，就连天庭第一战将杨戬，竟也不是对手！

数不清第多少次将杨戬斩退，三界至尊终于失去了耐心。

他负手而立，刀光轻飘飘追上杨戬倒飞的身体。

但在倒飞的空中，濒死的杨戬再一次握紧了他的三尖两刃刀。

我不后悔！

我不回头！

一股力量不知从何而生，让他猛地身形翻转，恰恰避过那道刀光，浮空而立。正立于门前。身后有闻讯赶来的天兵天将，有远处无休止的厮杀声。

他的衣甲残破，他的面容惨白，但他的眼睛却依然坚定。

视线扫过高渺威严的玉皇大帝，扫过冷眼旁观的王母娘娘，扫过捧着那些碎片光点心死如灰的沙悟净。

他缓缓闭上了眼睛。

"一定要有，保护自己所爱的力量啊！"

他微仰着头，两道血痕自闭着的双眸蜿蜒而下。

额前竖目骤然睁开！一道神光照出，瞬间就将灵霄宝殿洞穿。

仙界里所有的仙佛妖魔都看到这一幕，那神光自灵霄宝殿而起，穿云破界，直上高天。

自那神光洞开的孔，隐约可见……茫茫的虚无。

这道神光，竟是洞开天庭，洞穿了三十三天！

"竟敢破坏朕的三界。"玉皇大帝咬着牙，第一次如此失仪，"你这该死的……贱种！"

他手握天庭，坐掌三界。在他统御下的三界六道，源源不断地给他提供力量，这也是他敢于挑战道祖佛祖的底气。

但杨戬竟然洞察真相，真正威胁到他的本源。

玉皇大帝一拂大袖，再不留手。一刀斩落，一路的空间都在崩解，一刀下去，便是浩浩荡荡的时间的长河！

杨戬动弹不得，空间没有留给他哪怕一丝的空隙，时间也没有留给他哪怕一瞬的间隔。

身体已经到了极限，几乎挤出来的每一丝力量都是生命的燃烧。

可他抓着三尖两刃刀的手仍不松开。

此刻他前所未有地虚弱，又前所未有地强大。

玉皇大帝长刀的落处，即是时间和空间的尽头。

但一只金色的铁棒，以不讲理甚至蛮横的姿态撞进这处尽头来。棒尖抵着刀尖，一声暴喝响彻天庭，"玉帝老儿！"

无论仙佛，闻声皆是一惊。所有妖魔，霎时士气大涨。

三界六道，只有一位敢这么喊。古往今来，只有一个桀骜至此的声音。

齐天大圣孙悟空——来了！

玉皇大帝收刀，看着孙悟空和出现在他身边的唐玄奘，蹙起了眉，"牛魔王再次聚妖叛乱，你们竟能活着从灵山出来？"

"佛祖已入灭，我们来送你。之后再上离恨天！"孙悟空龇了龇牙，"杀他个天翻地覆，杀他个亿亿生灵竟自由！"

"好大的口气。"玉皇大帝将震惊隐在平天冠珠帘之后，"就算真让你们侥幸得手，以致如来入灭，你们还能剩多少战力？天蓬呢？战死，还是在养伤？"

他隐忍无尽岁月，深知佛祖道祖的可怕。孙悟空他们即使真的做到了这种不可思议的事情，也不可能还有余力保留。

"一个废物秃驴，一只筋疲力尽的猴子。"玉皇大帝目光扫过大殿，"还有一个站都站不稳的二郎神。"

长刀如时光在他手中流动，忽明忽暗，"就凭你们，拿什么挑战朕？"

"我们敢死，不知道你敢不敢？"一个声音撞进殿来。

牛魔王轰隆隆踏进大殿，与孙悟空眼神交汇，"九头缠住了哪吒，我先进来看看。"

哪吒会败会死,唯独不会被缠住。除非他自己愿意。

这位三坛海会大神,夹在道门与天庭之间,亦在师门和家人之间,只怕最是为难。只是这种关键时候少了一个哪吒,就算玉皇大帝还有底牌,又真的还有把握镇压三界吗?

时至此刻,漫长的旅途终于到了终点前。人们恍然惊觉,只有一步之遥了。

自金蝉子一点真灵转世,提出东传佛法并亲身前行之后,十万八千里的西行路,十世肉体凡胎的砥砺前行,他异想天开般的筹划竟真的走到了成功面前,只有一步之遥!

如孙悟空所说,杀死玉皇大帝之后再杀上离恨天,一切便尘埃落定。

螳螂捕蝉,黄雀在后,可在黄雀出手之后,那只蝉忽然脱壳,竟化成猎人,要一举收割所有。

千百个念头在玉皇大帝心中生灭,三界六道都在他的胸怀中,他的眸子渊深如海,仍然不显露情绪,但他收起了刀。

"即使你们真能打败朕,又拿什么去面对全盛的道祖?"他问。

"不如,与朕联手。"玉皇大帝负手而立,一切尽在掌握之中。

他看着孙悟空,"花果山禁令永远收回,永远风调雨顺。你的猴子猴孙,继续长生不死。齐天大圣府,始终为你保留。"

他又看向牛魔王,"妖魔与其他生灵无异,都是朕的子民,理应平等,也将永远平等。"

视线转向唐玄奘,"如来既然入灭,朕敕封你为新的大乘佛教之主。你所有的理想,都可以重新实现。你尽可依循心意,打造你的理想佛国。"

他最后才看着杨戬,"你的母亲,朕愿意恢复她所有荣誉,并敕封为上圣长公主。"

至于曾经对他忠心耿耿、此刻心死如木塑泥雕的卷帘大将,不值得他开出条件。

但所有人都和沙悟净一样沉默。

没有人对他的条件动心,就像没有人听到他说话。

"朕以三界共主的身份,做出这些承诺。"玉皇大帝继续道,"或者你们还有什么想要的,但说无妨。"

唐玄奘摇了摇头,"你错了。"

这个俊秀的和尚站到前面来,"我们要的平等,不是一人之下的众生平等,不是跪着的平等。我们要的是公道,不是补偿。做错了事情,就要道歉,道完了歉,再谈弥补。我们所争的,不是赏赐恩宠,而是我们的所爱和自由。"

"你不懂,你也不会懂。因为你已经习惯了高高在上。因为你的存在,你的权位,本身就是错误。而我们要纠正错误。"唐玄奘看着玉皇大帝,"天是公平的,不公平的是你们。天已经很高,地已经很低,众生站在地上抬头,已经很辛苦。不需要仙佛站在比天更高的地方。"

"既如此,此事便不提。"玉皇大帝不置可否,"但仍不影响联手,道祖是我们共同的敌人,打破离恨天之后,我们再来决死,也免被渔翁……"

孙悟空扭了扭脖子,打断他的话头,"不谈条件,不讲利弊。要么你认错改正,要么你死在这里。"

玉皇大帝被噎了一下,"你如此自信?"

他又不甘转问:"其他人也都如此自信?"

"悟空所说就是我所想。"唐玄奘双掌合十,"也许会输,也许会死。不到最后一刻,不知结局。但我们能挣扎到这一步,靠的是一往无前。但凡有一丝动摇,我们也不可能走到今天。"

"我们死在你面前,或者杀了你打上离恨天。我们死在离恨天,或者杀了道祖最后功成。"孙悟空擎棒在手,眸燃赤焰,"最后这一程,我只有赢和死。没有和谈没有和平。佛挡杀佛，神挡杀神！"

那只金箍棒仿佛在燃烧，在金色的火焰中燃烧。

玉皇大帝骤然感受到一种压力，仿佛三界六道所有的声音都在对着他呐喊，"做决定吧！"

再深的城府也无法理解这样不管利害不讲道理的进逼。

他苦修无尽岁月，不曾有丝毫放松，他不怕眼前这些人。生死相搏的勇气他亦不缺乏，否则他也不会敢于挑战道门。但他不得不承认眼前这些人绝非弱者，他不得不考虑杀死这些人之后的事情，如果受了伤，还能挑战道祖吗？那个永远隐于幕后，偶露只鳞片羽便已令人心惊的道祖。

他有太多的事情要考虑，他不得不考虑。三界六道，亿亿生灵，无数的纠葛关系，错综复杂的利益勾连，他从来游刃有余。

可此时，他怎么决定！

终章 永不回头

偌大仙界已无一处安宁,到处是厮杀。仙与佛,天兵神将与妖魔。只有那杀红的眼睛,只有那癫狂的嘶吼。痛呼惨嚎污染了这仙真之地,残肢断臂混淆着鲜血火光。

每一个生命死去,都有他战斗的理由。

仙佛为他们的信仰,天兵神将为他们所忠诚的帝君,妖魔为他们的王,更为他们的自由。

这是亘古以来最惨烈的战争,席卷了三界六道亿亿生灵。

在众生所不能见亦不得闻之处,杨戬竖目神光洞穿的茫茫虚无中,有两个伟大的意志在对话。

"这样的演变,的确非吾所预见。西行路上你做些可有可无的事,仙界之内也不见落子,你到底做了什么?"

"只以天机遮掩了一事,我曾解化女娲之名补天。"

"是了。那只猴子自补天石中蹦出,原是受你掌控。"

"非也。我从未想过掌控他,这石猴也不会被任何存在掌控。只是万万年来,三界一如死水,太过无趣,也沉寂太久。我不过随手丢个石子落水,看看片刻涟漪罢了。"

"岂止是涟漪啊,他几乎掀起骇浪惊涛。"

"这猢狲确有造化,颇为难得。"

"此局你胜一着。这一纪当道门再兴。"

"教门似山水，你我如天地。便是水皱山倾，又何干你我？"

"玉帝心吞天地，道友准备如何？"

"便是真正的傀儡坐上这样的位置，也难免野心滋生。我体谅他。"

"……便如此。"

声音本不会存在于虚无，但规则从不为真正强大的存在而设。

"该停止了。"一个宏大而悲悯的声音说。

另一个声音高渺而淡漠，"然。"

茫茫无际的虚无里，于是诞生了光。光分两道，一者清，一者金。

清光和金光相继冒出，整个三界六道，祥歌四起。无数生灵跪伏于地，膜拜神迹。便在仙界之中，厮杀难分难解的仙佛妖魔也都被无法抗拒的力量分开。

诸多强者连番战斗中依然稳固的灵霄宝殿，在某一个刹那，竟悄无声息消弭。

玉帝、王母、唐玄奘、孙悟空、杨戬、牛魔王、九头虫、哪吒，这些强者中的强者，同一时间惊骇抬头！

穹顶之上，一点清光与一点金光愈来愈烈，各自占据了半壁天穹。清光化作一个高渺淡漠的道者，金光聚成一尊伟大慈悲的佛陀。

佛陀洪声如天雷，"佛法慈悲，争杀无益。传旨一切佛子，回返灵山静修。"

无论诸佛、菩萨、罗汉、护法，不敢有半分迟疑，匆匆驾云而去。而那些有道真仙，早就老老实实站定，躬身为礼，久久不敢直腰。唯有那些忠于玉帝的天兵天将，与那些野性难驯的妖魔，还各持兵器对峙。

道者淡漠道："武周天数已尽，李唐中兴。"

此声一出，仙人们面露喜色，在他们看来，这无疑说明道佛之争的胜利。

王朝气数，帝王更迭，本是人间界最重要之事。向来玉帝大权独揽，天心自握。但此刻道祖言出法随，天数自定。

好像强硬的外壳被剥落，置身于无遮无掩的仙界中，玉皇大帝威严挺直的身躯，竟陡然有了一丝微屈。

上一刻他还在权衡选择，迟迟下不了决心。

这一刻，他已不必再做决定。像过往无尽岁月中的许多次一样，决定已先于他的意志做出，他只能选择遵循。

他以为他早已不同往日，但直到这一刻他才真正明白，他从来没有什么不同。

他以为他足有挑战的决心和底气，但他其实从未真正面对。

坐拥三界的至尊帝君，与三界的芸芸众生，到底有什么区别呢？

九头虫脸色灰败，手中月牙铲不知何时跌落地面，他竟无知觉。

时隔五百多年，妖魔再一次举旗伐天，甚至已经打破了天门，打到灵霄宝殿。但所面对的，仍是如天与地般无法跨越的距离。

当佛祖与道祖出现，一切尘埃落定。金蝉子十世重来，孙悟空五百年囚徒，牛魔王痛失爱妾，六耳挥棒赴死，白骨舍身作劫，碧波潭满门诛绝，禹狨王强撑着残躯煎熬等待，杨戬忍受着屈辱任劳任怨，甚至玉皇大帝苦心谋划无尽岁月……一切一切的牺牲和付出，意义何在？

十万八千里的长路，只是一个泡影。五百年的挣扎，只是一场游戏。

那赌上一切的理想啊，从来就那样卑微那样可笑吗？

既然如来从未战死，那曾近在眼前的一线希望，也就从未真正点燃。

从来未及咫尺，永远隔着天涯。

这是真正的、永无天日的绝望！

可有一个声音响起。

那么桀骜的、倔强的、放肆的，"如来老儿！怎让你逃了狗命？"

佛眸微垂，从坐观变化的角色中抽离，回归真实，如来连一丝生气的情绪都欠奉。

"本座同时存在于过去现在未来，超脱天地之寿，跳出宇宙之限，你怎会以为你能杀死本座？"

他那样悲悯地看着孙悟空，就像看着一个可怜无助的孩子，"在一切的空间与时间里，佛永远不死。"

但孙悟空从来不无助，也从来不需可怜。

他只是握紧了金箍棒，"那我就永远战斗。"

如来稍一沉默，"到此为止了，你这猢狲。"

你只是一滴水啊，你只是一颗沙，你只是一只可笑的猴子。

听到有人这么说了么？不止一次。

说得很对吧？事实本就如此。

但，我听够了啊！

我只是一滴水，我也想颠覆大海；我只是一颗沙，我也想翻转沙漠。

纵然我只是一只猴子只是一只蝼蚁，可我也要打破这三界五行，再闹一回翻天覆地！

愿以永生之性命，换我永世之自由！

孙悟空手中一放，金箍棒落地飞长，瞬息万丈，他抓住这擎天怒柱，横扫天穹，"那你便看看，猢狲答不答应！"

唐玄奘正握拳，牛魔王已提棍，杨戬方挥刀……道祖淡漠的目光扫过。

空间是凝固的，时间是静止的。

无论唐玄奘、牛魔王还是杨戬，如小虫凝于琥珀中，丝毫动弹不得。

唯有孙悟空的怒吼仍随着金箍棒咆哮，"叫你们知道，三界六道，不止你们这一个声音！"

"冥顽不灵。"如来喟叹一声，于是翻掌下压。

掌中有无尽世界，翻掌便是天倾。

无边无际的世界里，孙悟空孤身一人。

而天倾西北，地陷东南！

整个天空压下来，孙悟空挥棒，挥棒，挥棒！

倾尽全力千万次地挥棒，仿佛永无止歇永不疲倦地挥棒。

但天还是落下了。

相触的瞬间，孙悟空的身躯被轰飞。灿烂的赤金眸阖上，招摇的毫毛服帖，猩红的血液自他身上每一个毛孔喷洒，俨然一场血雨。他的光芒熄灭了。

天地相合。

当如来佛祖收掌的时候，地面出现了一个巨大的深坑，孙悟空就趴在坑底。身体里鲜血还在不停地涌出，血液仿佛无穷无尽，竟将这深坑填成湖泊。

这样的鲜血湖泊，埋葬这样的孙悟空。

不知过了多久，有人颤抖着问："他……死了吗？"

"啊！"牛魔王红了眼睛，在凝固的时空里仰天怒吼，"他死了吗？！"

唐玄奘颤抖着嘴唇，轻柔得仿佛一声叹息，"悟空……"

整个三界六道仿佛都安静了，安静得一如道祖嘴里的死水。

在某个刹那，湖泊里的血液燃烧起来！

起初只是两点火星，那些血液便开始沸腾。火线在湖面奔涌、冲刺、咆哮，霎时整个血液湖泊都在燃烧！

天地间唯有这样的血湖，唯有这样的血的燃烧。

再细看去，湖底浮起的那两点火星，分明是两颗赤金色的眼眸！那是孙悟空的眼睛！

赤红的血液燃成岩浆，孙悟空自赤红的岩浆中一跃而起，金焰和赤血沸腾着他的身躯，他高举着金箍棒，像从前的无数次战斗那样，进攻！

那一道划破长空的赤金流光，将整个天空划作两半。

一半是赤色的,像火;一半是金色的,像光。

在此刻这淡漠无情的天地间,他是唯一的光和热。

如果说天空如画卷,这道流光是长毫。

那么这一定是三界六道中、古往今来里,最惊艳、最璀璨、最华丽的一笔!

当尘埃落定,当岁月永逝。当理想风化为浮世的尘埃,当英雄跌落于时间的长河。

还有什么会被铭记?

还有什么能够留下?

就不被铭记吧!就不留下!

一切有所依靠的,都不算勇敢;一切看得到希望的,都不够坚强。

在最无望的深渊里跋涉,在注定失败的路上永不回头!

东胜神洲一处险峰上，两个身影伫立。

"他，赢了吗？"其中一个问。

另一个摇头。

"他输了吗？"其中一个又问。

另一个仍摇头，"他一定要打败谁，或者被谁打败吗？"

他说："不是的。我们只需要知道，他从不逃避战斗，从不放弃自己，便已经足够。无论物换星移，无论天翻地覆。从天穹之极限到八荒的尽头，从亘远之过去到无限的未来，有抗争的地方，就有他的名字。"

而自由的种子被碾碎在光中，将在每一个天亮里生长。

黑夜里不屈的生命，终究会迎来黎明。

不远处倔强抵天的山巅之上，牢牢插着一杆大旗，在狂风中猎猎作响。

招摇的旗帜上，以鲜血一样的红色绣着——

齐天大圣！

【终】